Les chats retombent toujours sur leurs pattes

Serena Davis

Les chats retombent toujours sur leurs pattes

Roman

LE LYS BLEU
ÉDITIONS

ISBN : 979-10-377-1831-0

Ne cherche pas à faire que les évènements arrivent comme tu veux, mais veuille les évènements comme ils arrivent et le cours de ta vie sera heureux.

Cette règle, extraite du Manuel d'Épictète, j'en ai fait ma maxime, ma ligne de conduite, pour rester forte dans toutes les circonstances, même les plus loufoques.

Ne vous y méprenez pas, ma vie n'est pas une tragédie shakespearienne, loin de là, je fais plutôt dans le genre comédie moliéresque si vous voyez ce que je veux dire et si vous ne voyez pas, ce n'est pas grave.

Si je vous raconte mon histoire, ou plutôt mes histoires, c'est parce que je suis là, heureuse, pleine de rêves et d'envies, prête à croquer la vie à pleines dents. Je ne suis pas déprimée. Bien au contraire. Je ris, je vis, je jouis, j'écris. J'écris, donc je jouis. Je jouis, donc je vis. Je vis, donc je jouis et je jouis, donc j'écris.

C'est ma copine Sarah qui m'a suggéré d'écrire mon histoire, une histoire que l'on pourrait qualifier « de dingue » en langage présidentiel.

Sarah est toujours de bon conseil et c'est pour cette raison qu'elle est ma meilleure amie.

« *Mais, si vous cherchez un conseil auprès d'un prêtre par exemple, vous avez choisi ce prêtre, vous saviez déjà au fond, plus ou moins ce qu'il allait vous conseiller. Autrement dit, choisir le conseilleur c'est encore s'engager soi-même* ». Ce n'est pas moi qui l'ai dit, c'est Jean-Paul Sartre[1].

Si je suis la logique existentialiste, je consulte Sarah parce qu'elle est la personne la plus susceptible d'être du même avis que moi.

---

[1] Jean-Paul Sartre (1905-1980), *L'existentialisme est un humanisme.*

En gros, je l'appelle quand j'ai envie d'entendre que j'ai raison.

Toutefois, je tiens à vous préciser que Sarah n'est pas un prêtre. Elle est une grande adepte du BDSM (pour ceux qui ne connaîtraient pas, cela signifie Bondage, Domination, Sadisme et Masochisme, et là, normalement vous avez compris). Elle est également membre d'un réseau national d'initiés, sous le pseudonyme de Peggy (c'est tout de suite plus suggestif).

Chacun sa vie, ce n'est pas la mienne, et cela ne change absolument rien à notre amitié.

La toute dernière fois que j'ai appelé Sarah – ce jour où elle m'a suggéré d'écrire – c'était pour lui annoncer que j'avais « enfin » rompu avec Nicolas, le type avec lequel j'étais depuis un peu plus d'un mois, depuis le sept février deux mille vingt exactement. Un jeune homme que j'avais rencontré après avoir balayé du doigt cent trente-sept photos sur Tinder, comme une exploratrice en quête du Graal, c'est-à-dire à la recherche d'une relation « durable », et répondu à dix-sept messages du genre : « Salut, c'est Bryan, on fait connaissance ? ». Sur Tinder, toutes les approches se ressemblent, ce sont tous des Bryan.

Bien sûr, je me suis rendu compte par la suite que la plupart des hommes pour lesquels j'ai ressenti une véritable attirance dans ma vie, je ne les aurais probablement pas sélectionnés sur photo. L'inverse est vrai également. Les hommes que je rencontrais sur Tinder, sélectionnés sur photo, ne m'auraient pas plu dans un autre contexte, en ce sens qu'ils n'auraient pas provoqué chez moi, vous savez, ce sentiment amoureux qui vous donne l'impression d'être sur un nuage. Certaines personnes nous procurent cette sensation-là, on ne sait pas pourquoi.

Nicolas était beau. Nicolas était une photo. Nous étions deux photos qui se sont retrouvées l'une en face de l'autre, en un geste simple : appuyer sur la touche verte. Comme nous n'avions plus rien à nous dire et qu'en fait, nous n'avions jamais vraiment rien eu à nous dire (notre vie de couple se résumait à quelques rapports sexuels), nous avons préféré couper les liens juste avant le confinement. Notre relation n'a duré que quelques mois. Non, j'exagère, quelques semaines seulement.

— Ah, tu as rompu ! Tant mieux, il n'était pas du tout fait pour toi ce mec, c'était couru d'avance ! Vous n'aviez absolument rien en commun tous les deux.

— Quelle tragédie ! Célibataire la veille du confinement. Pas l'avant-veille miss, non, la veille !

— Ma pauvre, cela ne va pas être facile. Si tu veux, je t'appellerai tous les jours.

Ça sert aussi à ça une amie, à vous remonter le moral quand il y a toutes les raisons pour que vous l'ayez dans les chaussettes. Sarah a un don pour ça, le pouvoir de consolation.

J'échange la présence et les câlins quotidiens d'un petit ami contre un coup de fil de trente minutes de ma copine. No comment.

Allez, il faut rester optimiste.

Depuis des années, je m'exerce à voir les choses du côté positif, à « voir le verre à moitié plein » comme on dit. J'ai acheté le Manuel d'Épictète, et je suis devenue une fervente praticienne du stoïcisme. Je m'exerce à être imperméable aux émotions, glaciale, imperturbable, inébranlable, dans le genre « parle à ma main ».

Règle n° 3 : « *[...] si tu embrasses ton enfant et ta femme, te dire que tu embrasses un être humain ; vient-il en effet à mourir, tu n'en seras pas troublé* ».

Bon, j'admets, il y va un peu fort, le mec. Mais quand vous avez trente-cinq piges, que vous avez essuyé des dizaines de revers, normalement vous êtes rodée et, le cœur bardé de vibranium, vous passez plus facilement à autre chose.

Alors, je réponds avec la plus grande dignité :

— Ne t'inquiète pas pour moi ! J'ai déjà fait mon deuil de cette relation. Contre toute attente, un homme m'a contactée sur LinkedIn.

En dehors de ce réseau professionnel, je ne suis plus sur les réseaux sociaux. Tout récemment, j'ai supprimé mes comptes Facebook et Instagram, lasse de voir les gens s'afficher en train de repriser leurs chaussettes ou de se peindre les ongles des pieds.

J'ironise, mais j'ai fait ça pendant quelques années, moi aussi. J'étais contente au début, tout excitée de faire le plein d'amis et de développer ma notoriété. Je postais plein de trucs. Au départ, les choses les plus importantes, puis, je me suis mise progressivement à publier des infos anodines, inutiles, juste afin de publier. C'est devenu une obsession. À peine réveillée, je consultais mon mur pour l'alimenter de nouvelles dont personne n'avait rien à cirer afin de recueillir quelques « j'aime » qui m'étaient adressés par automatismes. Combien de fois ai-je moi-même « liké » des informations qui ne m'intéressaient pas et des vidéos que je n'ai jamais regardées ! J'étais devenue « addict » aux réseaux.

Ce qui m'avait semblé être une aventure excitante est devenu une accoutumance néfaste et chronophage. Au bout d'un moment, je parcourais les infos comme les intox sans réel intérêt. Au fond, qu'est-ce que je me faisais chier !

La dernière publication en date restera pourtant la plus marquante.

Info du 6 mars 2020 :

« Mon chat est mort ».

J'aime.

Ah ! mince, je change. Dans ces cas-là, on ne met pas « j'aime », on met un petit bonhomme qui pleure ou un smiley pas content – *tiens, smiley ce n'est pas tiré de « smile » sourire, comment un smiley peut-il être « angry » on devrait dire « angrey », non ?*

Bon, le chat est mort. C'est triste. Dans la liste des émoticônes, je prends un bonhomme qui pleure. Ainsi, je donne l'info « je suis triste ». Je viens de dire à tout son réseau que je partage la douleur de ma copine Sarah.

Je vais l'appeler. Après tout, je ne l'ai pas contactée depuis longtemps. Avec les réseaux sociaux, on s'appelle beaucoup moins. Pour se dire quoi ? On sait tout sur tout. On est informés de tout en temps et en heure, voire avant l'heure, de l'agenda et des péripéties de nos amis eux-mêmes omniscients. On reçoit le compte-rendu de la journée de chacun au fil de l'eau, même celui de parfaits inconnus, amis des amis des amis des amis des amis.

On sait tout ce que tout le monde mange, du petit-déjeuner jusqu'à l'apéro du soir devant la Septième Compagnie.

« Ce soir, soirée TWD avec mon chéri – *TWD pour The Walking Dead, j'ai appris il y a peu que cela fait plus moderne* ». Youhou ! C'est la fête, demain, je fais un cake !

— Coucou, ma belle, j'ai vu que ton chat est mort.

J'ai au bout du fil une Sarah éplorée.

— Pas mon chat, ma chatte.

Effectivement, ça change tout.

— Ah oui, pardon. Comment elle s'appelait ta chatte ?

— Câline.

Tempête à l'horizon ! Une pluie de larmes s'abat à l'autre bout de la ligne. Pour ma part, jusque-là, j'allais bien, soleil au beau fixe malgré ma rupture récente. On n'avait pas la même météo mais mon astre disparaît pour laisser les nuages envahir mon ciel dont la couleur fait grise mine. Je commence à ressentir de la tristesse, non pas parce que la chatte est morte (ça je m'en fous), mais parce que ma copine ne va vraiment pas bien. Ça me fout le moral en berne moi aussi.

Il va falloir que je me creuse la tête pour trouver les mots justes pour la consoler. Je m'enquiers des causes de l'accident, tout en réfléchissant à ce que je pourrais dire d'approprié. Le politiquement correct n'est pas mon fort, je suis plutôt du genre gaffeur, à mettre les pieds dans le plat.

— Elle est morte de quoi, ta chatte, ma pauvre chérie ?

— Tu promets que tu ne vas pas te moquer ?

Avec Sarah, on peut vraiment s'attendre à tout. Sa vie est une succession d'évènements anecdotiques tout aussi déconcertants les uns que les autres. Du coup, quand elle me dit ça, je me prépare psychologiquement à une chute absurde, même sur un sujet aussi sérieux que la mort.

— Mon chat a mangé mon sex toy.

Si j'étais un smiley, je serais U+1F632. En langage littéraire, on dirait plutôt que je suis stupéfaite ou que cette révélation me laisse sans voix. En langage SMS, il suffirait d'écrire PTDR.

Non, pour ce genre de scoop, je ne suis pas préparée.

Après un très court instant, le temps d'enregistrer et de digérer l'info, j'éclate de rire.

— C'est une blague ?

Sarah se fâche. U+1F626 (Visage mécontent avec bouche ouverte, pour les geeks).

— Comment ça une blague ? Tu ne me crois pas, tu veux que je t'envoie la photo ?

— Vas-y, envoie !

Je suis tout excitée et très impatiente de recevoir l'image du sex toy mal digéré, un… un plug anal !

C'est juste à se tordre de rire. Sur la photo prise sur son bureau, on peut voir un petit plug anal violine tout mâchouillé sur chaque côté. Énorme ! Il l'a vraiment bouffé.

— Une chatte qui mange un plug anal, c'est un comble.

— Enfin, Sabrina, ce n'est pas drôle !

— Désolée Sarah, mais tu as bien conscience que cela n'arrive jamais ce genre de chose ?

Elle finit par en rire un peu.

— Oui, c'est vrai, j'avoue, au fond ce n'est pas banal mais c'était quand même ma chatte…

L'orage va revenir. La dérision a ses limites. On ne badine pas avec la mort. Il faut trouver autre chose.

— Mais dis-moi, je ne comprends pas bien, comment il en est venu à grignoter ça, ton chat ?

— Elle.

— Oui, pardon.

— En fait, c'est une maladie. Cela s'appelle le PICA. C'est quand ton chien ou ton chat mange n'importe quoi : du plastique, du papier, du tissu, du bois, tout…

— Ah bah ça alors…

— Oui, et là, tu vois, je suis malheureuse !

— Tu sais quoi ? Je vais raccrocher, je vais prendre un Aller/Retour Paris-Nantes, et je vais venir passer le week-end prochain avec toi. On se fera une soirée pyjama, on fumera des cigarettes, on sifflera une bouteille de champagne et on se gavera de pâtisseries hyper caloriques.

— Pour fêter la mort de ma chatte ?

— Non, pour fêter la vie.

C'était dix jours avant ma rupture. Dix jours avant ce fameux message aussi, ce message reçu sur LinkedIn, le matin du 16 mars 2020, premier jour de confinement.

« Bonjour Sabrina. Je voulais prendre de tes nouvelles, savoir si tu vas bien, si tu n'es pas malade. Que deviens-tu ? ».

Un message simple en apparence, mais un message qui m'a fait l'effet d'un électrochoc, parce que l'expéditeur, c'est un de mes ex petits copains. Une vieille histoire passionnelle que je croyais définitivement enterrée. Une idylle avortée, parmi les quelques histoires longues que j'ai vécues. Non, non, je ne vous dirai pas de qui il s'agit. Vous le découvrirez au fil de l'eau.

Depuis que j'ai reçu ce message, je me repasse en boucle le film de mon passé, certainement parce que je suis seule, parce que j'ai le temps, je l'analyse, je le décortique, ce passé, je le revis le jour, en pensées, je l'emporte dans mes rêves la nuit.

Je parle, je parle, mais je ne me suis pas présentée. Je m'appelle Sabrina. Je suis célibataire, j'ai trente-cinq ans. J'appartiens donc à la catégorie des femmes trentenaires célibataires.

Dans l'esprit de la plupart des gens, je suis d'abord « célibataire », c'est-à-dire que je suis célibataire avant d'être Sabrina.

Pour les couples sans enfants, je suis une curiosité, pour les hommes seuls, une possibilité, pour les mères de famille, une excentricité, pour les impôts, une opportunité et pour ma mère une calamité.

Je ne suis pas à plaindre pourtant et je vis plutôt bien. Cadre, avec une situation financière correcte, je suis propriétaire d'un charmant petit deux-pièces situé dans le douzième arrondissement de Paris, rue de Picpus, un luxe. En équivalent province, on peut dire que je suis propriétaire d'une villa.

Cet appartement, je l'ai acheté deux fois.

La première fois, c'était avec Jean-Philippe mon premier grand amour, mon premier Pacs. Oui, vous avez bien lu.

La deuxième fois, c'était seule après notre rupture, moins d'un an plus tard. En langage bancaire, on appelle ça un « rachat de créances », en langage notarié, un « rachat de soulte ».

Depuis, j'en ai vécu des aventures, des péripéties romanesques et rocambolesques dont la dernière m'a amenée à mettre mon appartement en location, ce qui fait que maintenant je dois attendre encore cinq mois pour le récupérer ; alors, me voici confinée dans un studio meublé riquiqui de onze mètres carrés situé à deux pas de mon chez-moi, occupé par d'autres. VDM.

Mes amis qui sont en couple me disent toujours que c'est une chance d'être célibataire, que je peux faire ce que je veux, que je n'ai pas de concessions à faire, que la vie à deux, souvent, c'est chiant. Nonobstant ces avertissements, quand je suis célibataire, je ne peux pas m'empêcher de les envier. La vie à deux me semble une panacée.

Ces contradictions, on les vit depuis tout-petits. L'enfant unique rêve de frères et sœurs. Les fratries ont des envies de meurtres. En fait, on veut toujours avoir ce qu'on n'a pas et être ce que l'on n'est pas. Misère, oh misère, dirait Mrs Reynolds [2]!

Quand je reçois ce message, je suis célibataire depuis six mois (je ne compte pas ma dernière erreur de casting avec Nicolas), donc j'aspire de nouveau à une vie de couple. Seule, j'étouffe, et la perspective du confinement m'angoisse.

Ce message de mon ex, c'est un peu ma bouche d'aération, une lueur d'espoir dans un tableau un peu sombre. J'ai cette vision, vision onirique d'une vie heureuse et épanouie, et peut-être qui sait, une vie de famille, un jour aussi.

---

[2] Mrs Reynolds est le personnage du roman éponyme de Gertrude Stein (1874-1946), poétesse et écrivaine féministe d'origine américaine qui a joué un grand rôle à paris auprès des artistes et intellectuels de son temps.

Le cœur en mode romantique, mon esprit divague et je me mets à fantasmer sur cette idée.

Dans les situations délicates, on aime bien voir des messages célestes, c'est réconfortant, les signes. Si ce message était un signe divin ?

Cet homme, je l'ai connu, je l'ai aimé, ça n'a pas marché.

Je ne pensais pas à lui jusqu'à présent, mais, depuis qu'il m'a écrit, je n'ai plus que son image en tête, une image aux traits estompés, aux contours flous, un portrait impressionniste, parce que je ne l'ai pas vu depuis des années et qu'il a certainement un peu changé.

Dans cet instant solennel, c'est-à-dire là, tout de suite, je m'apprête à formuler une réponse sans équivoque. C'est l'occasion d'essayer de raviver la flamme de la passion. Je vais revivre cette idylle à distance et je verrai bien où le vent me mène.

Quoiqu'il se passe, je vais répondre à cet appel du destin, ma vie va changer, j'en suis persuadée. Je ne sais pas encore comment, mais elle va changer, et cette métamorphose, nous allons la vivre ensemble, chers lecteurs, parce qu'avec vous, pendant cette longue période, je me sentirai moins seule.

Je vous invite à bord du Nautilus de ma vie de femme trentenaire célibataire tourmentée. Ensemble, partons explorer les méandres de mon passé et voyons ce qui peut être réparé.

L'expédition risque d'être sport, nous allons traverser quelques zones de turbulences. Accrochez vos ceintures !

Jean-Philippe (alias JP)

C'est dans une boîte de nuit du 9e arrondissement, le « Get-lag » que j'ai rencontré Jean-Philippe un samedi soir, en juin 2008.

C'était une nuit ordinaire en apparence. Les gens à la fleur de l'âge éteignent leurs lampes de chevet au moment même où la jeunesse s'éveille.

La nuit a déjà recouvert de son voile noir la capitale, toujours lumineuse, éclairée par les lampadaires et les phares des voitures, Paris grouillante de jeunesse, la jeunesse parisienne, cette jeunesse légère et insouciante qui danse ivre ce soir dans la lumière des spots.

Je fais la queue au bar du sous-sol avec un groupe d'amies, quand je le vois. Teint hâlé, visage angulaire, yeux de cocker. Charmant. Prince, non, il est affalé sur une banquette avec son groupe de potes. Charmant, oui, en revanche.

Il est bourré. Moi aussi, j'ai un peu bu, je me sens toute guillerette. Une rencontre en boîte tout à fait classique, en somme.

Nous échangeons quelques regards convoiteurs à travers le fumigène, regards suggestifs de personnes dont l'ivresse décuple l'audace. Plus tu bois, plus t'es fort !

L'alcool désinhibe. Je me sens belle et intrépide, invincible, une Diane en chasse belliqueuse et conquérante. En ce qui le concerne, je ne sais pas, il a l'air vraiment saoul, le garçon.

Sournoisement, je m'approche de la cible. Je lui souris. Ma flèche est partie, il est piqué.

Il se lève et me rejoint sur la piste. Il est d'à peu près mon âge – vingt-deux ans – d'une beauté à couper le souffle, le corps sculpté, les avant-bras puissants. Les avant-bras, cette partie du corps qui me fait vibrer, mon péché mignon. J'adore voir les veines gonfler et les muscles saillir à la contraction. C'est la première zone que je regarde chez mon partenaire lorsque je fais l'amour. C'est la deuxième zone du corps que je regarde tout cours, après les yeux. Livrez-moi un avant-bras tout en muscles relevé d'un bracelet en cuir torsadé, et je me liquéfie comme Mystique avant de me changer en succube.

Mes bras ne sont pas très fermes, je suis un peu frêle et ça tombe bien parce que les garçons aiment bien les filles exsangues à l'allure fragile.

Fragile mais pas candide. Méfie-toi de l'eau qui dort.

L'ondine attend sa bête sauvage aux avant-bras musclés. Nos destins semblent sur le point d'être scellés, nous n'en avons pas conscience mais notre histoire est en train de s'écrire juste à cet instant, malgré nous. Certaines rencontres sont déterminantes dans votre vie, d'autres pas. Encore une fois, il n'y a pas vraiment d'explication à cela.

Le DJ passe, mixe sur un remake de Self-control de Dave Sinclair. Notre danse est sensuelle, nos déhanchés s'accordent au rythme de la musique, je me laisse porter par le courant de l'amour, c'est beau, ces deux corps qui se cherchent, qui s'enlacent, c'est romantique, enfin… jusqu'à ce que je sente son sexe se dresser contre mon ventre comme un bâton de berger.

Il casse toute l'ambiance-là. Le corps dirige et la tête suit. Surtout chez l'homme. Le problème c'est qu'on ne sait jamais vraiment comment réagir dans ces cas-là, je veux dire lorsqu'on a un sexe dressé sur soi. Est-ce que je fais comme si je n'avais pas remarqué ? Mais quand même, ils ne peuvent pas se contrôler un peu, les garçons, sérieux ?

Nos regards se fondent, je craque, je replonge dans mes rêveries.

Je dois lever la tête, il est grand – un mètre quatre-vingts environ –. Ses biceps sont pleins et fermes. Ses cheveux blonds fixés au gel, son visage très dur, viril adouci par un regard d'ange, ses fossettes sur les joues, il a un air de Jaime Lannister[3].

Nous nous embrassons fougueusement. Nos baisers ont un arrière-goût de vodka et de whisky, mais qu'est-ce que c'est bon !

Nous n'avons pas encore échangé nos prénoms. Dans ce contexte une simple formalité qui sera réglée « asap » (as soon as possible pour les non anglophones) – *je précise au lecteur que l'anglicisme et les acronymes sont à la mode.*

Enflammés par la passion, désinhibés par l'alcool, séduits par la musique et aimantés par cet ingrédient invisible, les phéromones (qui est le chat, qui est la souris ?), nous savons (*nous pensons que nous savons*) à cet instant que nous allons vivre une nuit ardente.

À un moment, il faut bien parler. Le langage corporel ne dit pas tout ; or, la communication est la base de toute relation, même des plus courtes.

---

[3] Jaime Lannister est un personnage de la série Game of Thrones adaptée du roman de George R.R. Martin. Le personnage de la série est incarné par l'acteur Nikolaj Coster-Waldau.

Seulement voilà, la vie n'est pas un conte de fées, en tout cas pas celui qu'on croit, et dès nos premiers échanges verbaux, Jean-Philippe, alias JP pour les intimes, me ment.

— Comment tu t'appelles ?

— Sabrina, et toi ?

— Jean-Philippe.

Ça, c'est vrai.

— Tu as quel âge ?

— Vingt-cinq ans.

Premier mensonge. Jean-Philippe, né en 1984 n'a que vingt-quatre ans.

Vous vous demanderez, à quoi cela peut-il bien servir de mentir d'une année ? Je vous avoue que je me suis longuement interrogée. Douze ans plus tard, le mystère est encore entier, je n'ai toujours pas répondu à cette question.

Nous sommes assis sur le divan en simili cuir noir. En lecteurs omniscients, vous seuls savez qu'il ment. Pas moi. Conquise, ensorcelée, je bois ses paroles. « *Mon mec à moi il me parle d'aventuuuures...* » À chaque mot de sa part, je me jette sur lui. Nos échanges sont ponctués d'élans corporels frénétiques.

Je flirte avec un arlequin tout en pirouettes.

— Que fais-tu dans la vie ?

— Je travaille dans un cabinet de consulting (« conseil », c'est beaucoup trop français). Et toi, tu fais quoi ?

— Je suis archéologue.

Il en jette, c'est impressionnant.

— Waouh, c'est super ça, comme Indiana Jones ? Tu déterres des momies ? Tu cherches des trésors ? Tu travailles où ?

Jean-Philippe sourit, il a l'habitude de ce genre de comparaison. La flatterie fait son effet, notre JP gonfle le torse comme la grenouille de la fable[4] « *Est-ce assez ? Dites-moi ; n'y suis-je point encore ?* » La chute, c'est que la grenouille éclate.

— Un peu partout en France. Je travaille essentiellement pour l'INRAP, l'Institut National de Recherches en Archéologie Préventive. Je pars souvent sur des missions de plusieurs mois, je bouge pas mal.

— Ah, mais tu habites où alors ?

— À Paris.

— Où ça ?

— À Montmartre.

— Respect.

Deuxième mensonge (en moins de cinq minutes).

Un aventurier chercheur de trésors vivant en plein cœur de l'un des plus beaux quartiers de Paris, le quartier des artistes, les peintres et les caricaturistes qui vous dessinent le portrait, la vue splendide du Sacré-Cœur. Comme c'est romantique !

Évidemment, c'est facile de me séduire avec tous ces arguments.

— On fait une petite balade et on prend un dernier verre chez moi ?

— Let's go !

Nous marchons le long des quais de Seine, quand Jean-Philippe s'aperçoit qu'il n'a pas récupéré son blouson.

En soirée, ça arrive.

— Merde ! Ma veste en cuir. Fais chier, j'ai laissé tous mes papiers et les clefs de l'appart. Faut qu'on y retourne !

---

[4] Jean de La Fontaine, La grenouille qui se voulait aussi grosse que le bœuf.

Demi-tour. Le personnel du Get-Lag s'apprête à fermer les portes. Après d'âpres explications avec un vigile harassé, ce dernier le laisse récupérer ses affaires.

On verra plus tard pour la balade. Notre JP, tout content tout fier d'avoir retrouvé sa veste et ses clefs, me conduit chez lui en chantonnant.

Il habite un charmant petit appartement de trente-deux mètres carrés, situé à deux pas de la place du Tertre, en rez-de-chaussée, composé d'une petite kitchenette toute mignonne. Mobilier minimal mais l'essentiel est là : une table haute avec deux chaises, et un canapé lit.

La décoration est bohème, les murs sont d'un marron tirant vers l'orange, couverts de cadres photos et de talismans. Sur la console d'entrée trônent des espèces de statuettes vaudou.

Ce style ésotérique ne lui va pas du tout.

L'esthétique de la décoration n'est, à ce stade, qu'un détail sans importance. On verra ça plus tard.

Après avoir déplié le lit, nous nous déshabillons avec maladresse, nous faisons l'amour je ne sais même plus comment et nous nous endormons rapidement. Il faut reconnaître qu'à partir d'un certain niveau de consommation, l'alcool a des vertus soporifiques et anesthésiantes. L'alcool est mauvais pour la santé.

Boire peut nuire aux performances sexuelles.

À midi, nous sommes réveillés par le carillon de la Basilique, le chant du coq à Paris.

Au même moment, nous entendons un bruit de clefs dans la serrure.

Une jeune rouquine dans nos âges passe la porte et s'arrête, en état de choc devant nos corps dénudés enchevêtrés.

Pas eu le temps de remonter le drap. Je suis à poil, ma pudeur offerte au regard involontairement voyeuriste d'une parfaite inconnue.

— Ah merde, tu es déjà là !

C'est tout ce que Jean-Philippe trouve à dire.

L'espace d'un instant, je me dis que je suis en train de vivre une scène de ménage. Dieu soit loué, ce n'est pas le cas.

Ce n'est que son deuxième mensonge.

Nous ne sommes pas chez lui, mais chez sa sœur qui lui a prêté l'appartement qu'elle sous-loue. Visite inopinée, elle est juste rentrée plus tôt que prévu.

Si j'avais pris le temps de regarder les photos, je me serais aperçu de cette supercherie, mais, comme je l'ai dit plus haut, je ne me suis pas attardée sur ce genre de détails.

— On va prendre un café ?

— Tu suggères quoi d'autre ?

Quelques minutes plus tard, nous voilà posés dans un bar, avenue du Clichy. Jean-Philippe m'explique, toute sa raison retrouvée, qu'il n'a pas vingt-cinq ans, mais vingt-quatre, qu'il est bien archéologue, mais qu'il vit encore chez sa mère, à Saint-Malo, et non pas à Paris comme il l'a prétendu. Enfin, c'est son adresse officielle, mais il n'est pas souvent chez papa-maman. Comme il se déplace beaucoup, la plupart du temps, il crèche sur ses chantiers de fouilles au gré des missions qui lui sont proposées, ce qui lui permet de mettre un peu d'argent de côté.

Là, si tu es une fille, que tu as presque vingt-trois ans, deux options s'offrent à toi :

1. Soit, tu crois encore au prince charmant, et tu te dis qu'il t'a menti parce qu'il avait honte de sa situation. Dans ce cas, si tu pousses la justification, tu peux même trouver cela mignon. Tu restes.

2. Soit, tu te dis que ce mec est un fourbe et un manipulateur, qu'il voulait juste te mettre dans son lit. Soit dit en passant, il a réussi. Tu fuis.

J'ai fait le choix le plus facile à assumer, le moins raisonné, aussi.

C'est ce qu'on appelle faire confiance à un inconnu, ou manquer de discernement, ce qui revient tout à fait au même.

Je viens de rencontrer un homme aussi charmeur que charmant, qui a mis toutes les chances de son côté pour me séduire. Quelle chance ! Je vais pouvoir m'enorgueillir de la situation auprès de mes copines, de ma coiffeuse, de mon esthéticienne.

À ce moment de l'histoire, je n'habite pas encore dans mon super appartement de la rue de Picpus, j'occupe un tout petit studio rue du Petit Musc, une ruelle perpendiculaire au Faubourg Saint Antoine, dans le 11e ; un mouchoir de poche défraîchi et humide au sixième étage d'un immeuble sans ascenseur, loué pour la modique somme de huit cent cinquante euros par mois, charges comprises. Heureusement, je n'y suis pas très souvent et je sors beaucoup. Les étudiants et jeunes actifs parisiens comprendront !

J'ai mon bureau de tabac préféré – *oui, j'avais ce vice, quand on a vingt-trois ans, on se dit qu'on a toute la vie devant soi et que les maladies c'est pour les vieux, en gros pour les plus de trente ans* – ma boulangerie fétiche, et mon esthéticienne favorite.

Mes trois petits commerces. En premier lieu, le bureau de tabac parce que je fume beaucoup, c'est-à-dire près d'un paquet par jour, le prix du paquet reste encore assez raisonnable. Ensuite, la boulangerie parce que j'achète mon déjeuner. Je choisis plutôt des salades composées, ce qui me donne la conscience tranquille pour ajouter une part de flan ou autre pâtisserie à mon menu (*c'est bien le nombre total de calories qui compte, non ?*). Enfin, l'institut de beauté, pour mes soins beauté indispensables : mon épilation, ma manucure et mon bronzage (*encore une fois, le cancer, c'est à partir de trente ans*).

C'est pendant la manucure, soin qui dure presque deux heures, que je papote avec Anna, la gérante, toujours friande de mes histoires de jeune cadre célibataire. Ce sont nos instants « commérages ». Toutes les clientes de salons connaissent ça.

Anna vit depuis dix ans avec un homme qui n'en fout pas une et qui la laisse souvent galérer seule avec leurs trois enfants. Chaque matin, elle met deux heures pour faire le trajet de son domicile au salon, ce qui lui fait quatre heures de transports par jour. Entre son travail et sa vie de maman, elle mène une vie éreintante !

Avec une mère cautionnaire très solvable, je peux m'estimer bien chanceuse d'habiter dans une cage à hamster à Paris intra (on ne dit pas « Paris intra-muros », c'est moins classe).

J'ai toujours été fascinée par les bonnes épouses, les « Desperate Housewives ». Même si ce n'est pas toujours facile d'être une femme moderne (au moins, quand tu n'as pas le choix, tu ne tergiverses pas), je me dis que j'aurais eu du mal à me résigner à vivre dans une cage dorée. Je suis souvent tiraillée entre l'envie de me poser et l'envie d'être libre. C'est quoi au fait être libre ? Est-ce que s'émanciper de la vie conjugale, n'avoir ni mari ni enfants, c'est vraiment être libre ? Je cogite tout le temps sur cette question. Je n'y réponds jamais.

D'un côté, ces femmes, je les envie. D'un autre côté, je les dénigre. Allez savoir pourquoi !

De nos jours, les femmes prennent leur revanche, elles veulent tuer les hommes. Ce fantasme de la femme moderne trouve son apogée dans la série *Why Women Kill*, qui semble plaider en faveur du rétablissement de la peine de mort pour les maris infidèles. Bon, après, je ne l'ai pas vu, mais le titre est allusif, non ?

Guillaume le Conquérant et Léonard de Vinci sont nés d'une liaison coupable. Heureusement que leurs pères infidèles n'ont pas été condamnés !

D'un extrême à l'autre, il n'y a pas de milieu. Il faut juste choisir son extrême.

Toutes les deux, nous représentons le périastre et l'apoastre de l'homme. Anna est très proche de l'homme, dans le sens où elle est au service de l'homme. Dans ce sens-là, j'en suis très éloignée. J'en suis très proche, aussi. Mon professeur de français disait toujours : « je suis contre les femmes, tout contre ». Pour ma part, je suis contre les hommes, très contre !

J'écoute les histoires déplorables d'Anna sur la misère de sa condition féminine et la platitude de ses rapports sexuels. Pour parler sans ambages, sa vie, selon elle, est « à chier ».

Pour la faire voyager un peu, je ne lui épargne aucun détail croustillant ! Jean-Philippe est plutôt gâté par la nature, à la fois vigoureux et délicat, très habile, même s'il ne peut pas s'empêcher de contempler ses muscles à l'effort pendant nos rapports.

Oui, oui, on partage aussi ce genre d'informations avec son esthéticienne.

De son côté, elle doit certainement penser que je mène une vie débauchée.

Il faut croire que, dans nos vies si différentes, chacune y trouve son compte, finalement. La vie de l'une est pour l'autre une croustillante fiction et la vie de l'autre conforte l'une dans son confort, pas si mal après tout. L'une et l'autre peut être l'autre et l'une.

Je me confie aussi à sa nouvelle recrue, Maëlys, une jolie métisse à la peau caramel et aux yeux bleus (la chanceuse !) qui s'occupe de mes épilations. Elle a de beaux cheveux longs lisses et soyeux (je me demande si ce lissage est naturel), le visage rond, les pommettes saillantes, elle est sacrément bien roulée, à tomber. Le genre de fille que tu envies, que tu adores et que tu détestes en même temps, que tu adores détester, en somme.

Il est toujours plus agréable d'être tripotée par une personne au physique agréable. Il faut dire que je lui confie tout mon corps : les bras, les jambes, le maillot, à l'exception des aisselles car je n'aime pas attendre que les poils repoussent entre deux séances à cet endroit souvent exposé (*aujourd'hui, les poils sous les bras sont la nouvelle mode sur Instagram*).

Ne nous attardons pas plus sur mes histoires de poils pour l'instant (ne vous en faites pas, on aura certainement l'occasion d'en reparler).

En parlant de tripotage, maintenant avec Doctolib on peut choisir son spécialiste sur photo. Ce n'est plus l'expertise qui prime. Alors tant pis, ou tant mieux. Mon kiné est à tomber. Smiley.

Le temps passe et nous coulons des jours heureux. Je suis convaincue que Jean-Philippe est l'homme de ma vie.

Entre deux chantiers de fouilles en terre bretonne (c'est souvent dans cette région que ses recherches se passent), nous sommes ensemble, et nous sommes bien. Malgré la promiscuité de mon petit studio riquiqui, chacun trouve sa place. Pendant que je m'évade dans mes lectures, JP regarde des matchs sportifs ou joue sur sa console de jeux, équipé d'un casque sans fil pour ne pas me déranger. Deux activités qui ne nécessitent que peu d'espace. En fait, le canapé-lit nous suffit.

Quand viennent les beaux jours, lorsque le soleil parvient à passer à travers le nuage de pollution atmosphérique, nous sortons pour une balade, nous nous promenons main dans la main dans le Marais ou sur les quais de Seine. Nous nous arrêtons à la terrasse d'un café et nous buvons un petit verre de blanc en fumant des clopes. Nous observons les pigeons, et les gens qui passent, en imaginant ce que peut bien être leur vie. Eux aussi, nous observent, je parle des pigeons, à l'affût de la moindre miette de biscuit apéritif qui tomberait par terre.

Les badauds passent indifférents.

Nous nous entraînons ensemble, dans le même club de sport, au bas de notre rue, nous mangeons les mêmes plats – plutôt diététiques – et parfois, après des jours de rigueur et d'ascétisme, nous nous ruons vers un Macdonald pour avaler gloutonnement un 280.

Couple presque modèle, nous nous disputons rarement, sauf lorsque nous sommes à la dèche de clopes après avoir retourné toutes les cachettes de l'appartement (les couples de fumeurs comprendront). Alors, pour calmer le jeu, il faut que l'un de nous se sacrifie et fasse une virée dans un bar de nuit. C'est souvent lui qui s'y colle.

On veut bien l'égalité, mais il y a des limites. L'esprit de sacrifice reste une affaire masculine.

En France, il est de rigueur de continuer à profiter de cette galanterie. Nous, je veux dire, les femmes, y sommes très attachées. Nous voulons être considérées comme les égales de l'homme, mais nous tenons à nos privilèges comme à nos cheveux. Logique !

« [...] Avec la lune disparaît sa clarté,
L'éclair adhère au nuage :
Les épouses doivent suivre le chemin de leurs maris,
Même quand on sait qu'ils ont quitté la vie.
Fardée avec cette charmante cendre-là,
Faites des membres de l'aimé,
Comme sur un lit de jeunes feuilles,
Je disposerai mon corps sur le feu. »

J'aime beaucoup ce poème de Kalidasa sur les rites sacrificiels antiques. Le rite du sati consistait pour une femme à se donner la mort au décès de son mari. Cela ne se fait plus, en principe. On divorce avant le décès.

Entre JP et moi, tout va bien. Nous menons une vie de jeunes, sans ombrages, sans « prise de tête » comme disent les jeunes de notre temps.

Sans prise de tête ni prise de bec... jusqu'à ce fameux soir. Le soir du texto.

JP est aux toilettes. J'ose vous dire que c'est pour la grosse commission, ce n'est pas très glamour, mais c'est comme ça, je n'y peux rien, c'est l'histoire.

Je suis installée sur le canapé, un beau canapé convertible en velours noir à l'assise large et confortable, un canapé que j'ai acheté quelques mois auparavant à un prix tout à fait raisonnable chez Conforama (désolée pour la pub mais j'adore cette enseigne).

Passons un peu de temps sur mon canapé. Parce qu'il est confortable, tout d'abord. Parce qu'il a une histoire, aussi.

Ce canapé, il m'a suivi partout à Paris, il a vécu deux déménagements. La première fois, c'était lorsque j'ai quitté ma chambre d'étudiante pour m'établir dans mon studio de la rue du

Petit Musc. La seconde fois, c'était pour rejoindre l'appartement que nous avons acheté ensemble, rue de Picpus.

Je regrette amèrement de l'avoir vendu lors de mon dernier déménagement car je n'ai plus jamais retrouvé ce modèle, à part sur le bon coin dans des zones reculées du bout de la France. C'est étrange comme parfois, on peut s'attacher à certaines choses.

Tenez, au moment où je vous parle, je viens d'en trouver un tout pareil, en photo, sur le bon coin, dans les Bouches du Rhône. Voici sa description : « Canapé-Lit-en-très-bon-état-blanc-et-noir-en-velours ».

C'est le seul exemplaire en vente sur le site. Il n'y aurait donc plus qu'une seule pièce unique sur le marché, un exemplaire unique, décrit en une dizaine de mots à peine.

Je suis outrée car ce n'est pas juste un canapé. Comme les mots sont limités pour caractériser les choses ! On veut enfermer un millier d'émotions, de sensations diverses dans un seul petit mot bien réducteur : « canapé ».

J'ai pleuré, j'ai ri, j'ai mangé, j'ai dormi, j'ai fait l'amour, j'ai reçu des amis sur ce canapé, amis qui ne se doutaient pas une seconde de ce qui avait pu se passer dans les minutes qui avaient précédé leur visite, mais j'imagine que c'est pareil chez tout le monde. À y réfléchir, il faudrait pour être totalement serein, toujours emmener un petit linge à poser sous ses fesses et sa propre serviette pour se laver les mains quand on va chez les gens, d'utiles précautions d'usage, mais avouez que cela paraîtrait tout de même un peu bizarre.

Je me sens bête, je regrette vraiment. Ce « canapé-lit/canapé-vie » je l'ai vendu au prix de cent euros à une personne que je ne connaissais ni d'Eve ni d'Adam, pour laquelle, il ne représentait rien d'autre qu'un objet utilitaire et qui est peut-être celui-là même que je retrouve sur le bon coin !

Le soir du texto justement je suis assise sur mon beau canapé-vie, qui n'est pas encore vendu, qui n'est pas encore parti.

Jean-Philippe est, je vous le répète, aux toilettes et, pendant qu'il est aux toilettes, il reçoit un texto. Vous savez comme moi que le portable s'allume, quand on reçoit un texto, à moins qu'on ait pris la peine de désactiver les notifications.

Non, je vous jure je n'ai pas fait preuve d'une curiosité mal placée… U+1F607 (Visage souriant auréolé).

Je lis :

« Bonjour Jean-Philippe. N'avions-nous pas prévu de nous voir ce soir ? Tu ne veux plus ton massage ? Réponds-moi. Maïa ».

À cette époque, quand on tape des SMS, on met un peu plus de temps, parce qu'on écrit tous les mots.

De nos jours, cela aurait donné :

« Bjr. Tjs Ok pr ce soir A +. Maïa ».

Tout de suite, ça sonne plus froid, on ressent moins d'émotions. À la rigueur, peut-être que cela aurait été plus simple à justifier. U+1F604 (Visage souriant la bouche ouverte et les yeux réjouis).

Mais avec tous les mots, c'est presque sans équivoque.

Notre JP n'a pas le temps de se remettre de ses émotions. Tout juste sorti du trône, il se prend une bourrasque interrogatoire :

— C'est qui cette Maïa ? C'est quoi cette histoire de massage ?

Allez savoir pourquoi dans cette situation, les coupables semblent toujours surpris :

— De quoi tu parles ?

— De ce message que tu as reçu. Tiens !

Je jette son téléphone à l'autre bout du canapé et je le vois pâlir.

Notre JP, blafard, va tenter une parade.

— Ah, ça… Ben, euh, comment dire ? Ce n'est pas ce que tu crois en fait.

Il nage dans le déni.

— Alors, explique.

Voltaire nous enseigne à travers la figure de Zadig qu'il vaut mieux hasarder de sauver un coupable plutôt que de condamner un innocent.

Dans le doute (il y a toujours une petite once de doute), laissons l'accusation se défendre et essayons d'être aussi juste que Trajan, cet empereur romain du deuxième siècle reconnu pour son exemplarité en matière de justice.

— OK. Maïa est esthéticienne. J'ai réservé un massage dans un salon parce que j'ai des douleurs en bas du dos, à cause du sport.

— Elle te tutoie ?

— Oui, parce que je la connais. C'est une copine d'un pote que j'ai rencontrée dans un bar. Elle m'a dit qu'elle faisait des prix sur les massages aux gens qu'elle connaissait. Je lui ai dit que ça m'intéressait et on avait rendez-vous ce soir. Voilà.

Mensonge.

C'est un peu bricolé.

— Il est où son salon ?

— Vers Bastille.

Je réfléchis, je recompose. Non, c'est impossible ! C'est juste im-po-ssi-ble ! Ma vie est une farce.

— Maïa, tu veux dire Maëlys ?

Je me souviens que Maëlys m'avait dit un jour que ses proches la surnommaient Maïa.

— Tu la connais ?

— Connard ! Maëlys est mon esthéticienne.

Je suis furieuse. Quand même, ce mec a vraiment la poisse. Sur… quoi ? Un millier de salons dans tout Paris, sur peut-être deux à trois mille praticiennes (je dis ça, mais je n'en sais rien, c'est du pif, mais bon c'est pléthorique !), il faut qu'il tombe sur MON esthéticienne.

Le puzzle se recompose. Mais oui, c'est évident ! La dernière fois que j'ai vu Maïa, cette jolie poupée exotique, c'était pour une épilation demi-jambes et maillot intégral.

Elle me racontait qu'elle venait de rencontrer un très beau jeune homme, qui bougeait beaucoup pour son travail, mais qu'elle restait sur ses réserves parce qu'elle devait apprendre à le connaître.

Je n'avais pas osé l'interroger davantage, mais j'avais trouvé amusant que nos vies se ressemblent tout autant.

Tu m'étonnes ! Elle me parlait de sa rencontre avec mon mec pendant qu'elle m'épilait la foufoune. U+1F928. Smiley perplexe avec les sourcils relevés.

— OK, donne-moi ton téléphone !

Jean-Philippe ressemble à un cocker avec ses grands yeux pleurnichards et ses oreilles tombantes. On dirait Boule le chien de Bill, et, vu les circonstances, ce surnom lui va très bien. Il les a, les boules ! Le pire, dans tout ça, c'est que même avec cet air con et dans cette situation ubuesque je ne peux pas m'empêcher de le trouver beau.

Nous les femmes, savons mieux que les hommes, garder notre sang-froid et rester maîtresses dans les situations extrêmes.

Cette faculté d'abnégation et cette habileté à prendre les choses en main dans les pires moments sont des attributs essentiellement féminins. C'est une sorte d'instinct conservateur.

Les lectrices féminines acquiesceront. Les lecteurs masculins, s'il y en a, le reconnaîtront aussi, mais ils ne le diront pas.

Je n'émets aucun jugement, je dresse seulement un constat. Si ? Vous trouvez ? Ah, bon.

À ma grande surprise, sans aucun mouvement de résistance, Jean-Philippe me tend son téléphone comme un petit garçon qui vient de se faire gronder, l'air résigné.

Je compose le numéro de Maïa.

Dans la pièce, silence radio, Maître JP toujours courbé, regarde bêtement vers ses pieds.

Son sort est entre mes mains. Il attend passivement le verdict de la punition.

— Allô ?

— Oui, bonjour, je sais que cela va te paraître bizarre, mais je suis la petite amie de Jean-Philippe…

Envahie par la colère, je parle d'un ton vif et saccadé, tout en m'efforçant de me montrer sympathique et conciliante, mesurée dans le choix des mots, d'une part parce que je connais mon interlocutrice pour laquelle j'éprouve une grande estime, et, d'autre part, parce que mon objectif est d'essayer de capter le maximum d'informations pour tenter d'établir la vérité.

— Jean-Philippe a une petite amie ?

Maëlys semble vraiment étonnée. Elle est honnête. Déjà au salon, elle m'avait donné cette impression d'être une fille droite et franche.

— Oui, et on se connaît toutes les deux. Je suis Sabrina, je suis cliente du salon.

— Je me souviens de toi, bien sûr, tu viens souvent nous voir.

— Écoute, je suis vraiment désolée du quiproquo, mais je suis tombée sur ton message, et je me suis aperçue que Jean-Philippe et toi aviez un rencard.

— Tu as bien fait de m'appeler.

Bien que consternée, Maëlys ne semble pas anéantie. Elle garde son sang-froid et prend les choses avec beaucoup de diplomatie et de philosophie.

— J'avais senti que c'était un beau parleur. J'ai bien fait de me préserver ce soir-là. Je suis contente que tu m'appelles car je ne me donne pas comme cela, j'ai ma dignité.

NDLR (pour Note De La Rédaction) : elle a plus de vertu que moi. Elle insiste :

— J'ai vraiment bien fait de me préserver.

Je comprends que si elle lui en avait laissé l'occasion, notre JP aurait foncé tête baissée. Il y a de fortes chances pour que ce soit lui qui l'ait draguée le premier.

Pendant ce temps, le coupable, pris sur le fait, reste passif. Il attend, résigné, sa sentence.

— Ma chérie, on a été bernées toutes les deux. C'est un manipulateur et un menteur, ce mec. Si tu veux, tu peux passer me voir et on va parler toutes les deux, d'accord ?

— Je ne préfère pas, je préfère régler cela avec lui. Je te remercie Maëlys.

J'aurais pu la rejoindre, prendre un verre avec elle. Elle m'aurait consolé, nous serions devenus de bonnes copines et nous aurions pu rire plus tard de la situation. J'aurais pu.

Ce n'est pas ce qui s'est passé.

Des regrets ? Pourquoi des regrets ? Imaginez que ce soir-là, je ne sois jamais arrivée jusqu'à Créteil. J'aurais pu avoir un accident, faire une mauvaise rencontre. On ne sait pas !

Bref. On pourrait refaire le monde avec des « si ».

Oh… et puis merde, je suis restée, c'est tout, et, si je ne l'avais pas fait, vous n'auriez pas pu avoir la suite de l'histoire. Voilà. U+1F61D (Visage qui tire la langue les yeux plissés).

Je le sermonne. Je hurle, je pleure, je suis furieuse. Je perds mon sang-froid (qu'est-ce que je disais plus haut, déjà ?). Bien sûr, il s'excuse, il se repent, il m'apporte des fleurs qui prenaient toute la place dans mon appartement-placard. Et puis, bien sûr, je finis par lui pardonner.

Nous reléguons cette incartade à une erreur imputable à la jeunesse et à l'impulsivité. Naïveté, quand tu nous tiens.

Évidemment, je change d'esthéticienne et de salon. Je prends un salon avec une esthéticienne plus moche. Il faut se méfier des personnels au physique attrayant.

Je ne parle pas du kiné, bien sûr.

Mon cher Jean-Philippe me jure sur ses boules de ne plus recommencer, qu'il donnera désormais sagement la papatte, mais, comme un chien de Pavlov, l'apprentissage dépend du nombre de répétitions. Ce n'est pas encore gagné !

Vous devez vous demander pourquoi, malgré ces péripéties, je reste avec lui.

Je consulte quand même un psychologue dans le quartier latin – *non, non, je ne suis ni folle ni suicidaire, j'avais juste besoin de parler un peu* – un bon psychologue, de ces vieux professionnels qui ont lu, entendu et vécu beaucoup de choses, et qui parviennent à s'extraire de la limitation des apports théoriques en confrontant leurs expériences pratiques, un professionnel de la conscience, à qui j'expose vertement ma problématique, à savoir que je vis avec un homme séducteur, avec lequel je n'ai potentiellement aucun avenir, et que, pourtant, je n'arrive pas à quitter.

— Pourquoi est-ce que je reste avec cet homme fourbe et lâche ?

Le docteur Roque me ramène alors à mes propres contradictions :

— Si vous restez, c'est qu'il vous apporte quelque chose.

Hein ?

U+1F928 (Visage avec les sourcils relevés).

— Oui, Mademoiselle. Si vous restez, c'est que vous y trouvez votre compte. Et si votre conjoint ne vous quitte pas, c'est que lui aussi, y trouve son compte.

Voilà une observation toute simple qui me permet de clarifier bien des situations. L'explication est... qu'il n'y a pas d'explication. Bon, soit.

— Pour la consultation, ça fera soixante euros.

Ah, oui, OK.

Qu'est-ce que je peux bien trouver d'utile à ce moment-là dans cette relation avec Jean-Philippe ?

Jean-Philippe s'aime. Il s'adore. Il s'idolâtre. Il se divinise même.

Son personnage préféré est Vendetta. Pas le Vendetta héros du film de James McTeigh incarné par Hugo Weaving. Non, son modèle n'a rien du genre héroïque ou fantastique, mais il relève au contraire d'une personnalité excentrique et égocentrique : Mickael Vendetta, l'inventeur du concept de « Bogossitude ».

Le message de Mickael ?

« Ne fume pas, ne bois pas, fais du sport et tu deviendras un réel beau gosse ».

Ben voyons !

Bon, Jean-Philippe fume, Jean-Philippe boit, mais Jean-Philippe fait du sport, se met du gel dans les cheveux, prend des protéines et de la créatine, ces gros pots de farine bourrés d'aspartame vendus aux adeptes du bodybuilding, victimes naïves et tourmentées du marketing moderne.

Moi aussi, il m'arrive de prendre des suppléments qui ne servent à rien genre des pilules bronzage, mais moi, ce n'est pas pareil.

Faites ce que je dis, pas ce que je fais.

JP se regarde trente fois par jour dans les miroirs, posant, faisant ressortir ses biceps et ses abdominaux, en prononçant cette phrase que j'abhorre :

— Putain, quel beau gosse !

Ce narcissisme naturel me fascine alors que je travaille beaucoup sur moi pour gagner en assurance.

Sur ce plan-là, lui, n'a besoin d'aucun effort, en toutes circonstances il est sûr de lui.

Il est le plus beau, le plus intelligent, le meilleur, the « best one », le boss. Si, si, c'est écrit en toutes lettres, ses potes lui en ont fait un T-shirt, qu'il porte le soir.

« *Celui qui s'aime avec assez d'intensité transforme tout ce qu'il y a autour de lui en richesse* ».[5]

Aime-toi, le ciel t'aidera !

Je l'admire. Il ne doute jamais de rien, même de ses idées préconçues sur ce qu'il ne connaît pas. Vous me direz que ce n'est pas forcément une bonne chose.

Certes, ce n'était pas toujours très constructif, car, étant convaincu qu'il est au-dessus du peuple, il n'accepte pas les opinions des autres, et, n'acceptant pas les opinions des autres, il n'apprend rien.

Pire, il justifie ses erreurs par des thèses complotistes, tel Itobad [6] face à ses échecs « *j'aurais certainement réussi si...* ».

---

[5] Nathalie Sarraute, *Tu ne t'aimes pas*.

[6] Itobad est un personnage de *Zadig et la destinée*, le conte philosophique de Voltaire, accessible, à la portée de tout lecteur et riche d'enseignement.

Itobad, c'est le double fictif de Jean-Philippe. Si Jean-Philippe était un personnage de roman, il serait Itobad.

Dans la vie, pour avancer, il nous faut des modèles.

Je n'ai pas eu la chance de grandir avec une figure paternelle à laquelle m'identifier, et cet homme, avec ses défauts qui font aussi de lui un homme, supplée un peu à ce manque.

Vous ne devinerez jamais ce que j'ai fait ?

Je me suis fait tatouer son prénom. Si, si, j'ai fait ça ! Vraiment, j'ai osé.

Dans la longueur de l'avant-bras, j'ai fait graver en toutes lettres : Jean-Philippe. Police de caractère : Billy Argel Font, très joli, et aussi très lisible. Un prénom de douze lettres !

Jour mémorable. Mon JP est en déplacement pour une fouille dans le Finistère. Je veux lui faire une surprise à son retour (*je ne pouvais pas juste lui acheter un bracelet, non, je fais toujours dans la démesure*).

Impatiente comme je le suis, je ne peux pas attendre pour la lui annoncer, et, alors que le tatoueur fait une petite pause au milieu de son travail, je décide de l'appeler.

Je me souviendrai toute ma vie de cette conversation téléphonique. Inoubliable.

— Quoi ? Qu'est-ce que tu veux ?

Il a l'air content que je l'appelle ! Sympa…

— Ça va ? Tu fais quoi ?

— Je joue au billard avec mes potes là, tu veux quoi ?

J'entends des voix qui résonnent, et de la musique de bistrot.

— Je voulais te dire que je suis chez le tatoueur.

— OK.

Jean-Philippe ne cherche pas à savoir ce que je fais chez un tatoueur. J'avoue que je m'attendais à plus de réactions de sa part. J'annonce fièrement :

— Je suis en train de me faire tatouer ton prénom !

Un mec l'appelle en arrière-fond : « JP, c'est à toi là ».

— Attends, attends, je te rappelle, je n'ai pas le temps là.

Sur ces mots, il raccroche, comme ça.

À ce moment-là, le tatoueur revient. Je m'aperçois qu'il en est à la lettre L…

U+1F61F (Visage inquiet).

Heureusement, en vrai professionnel, il refuse d'utiliser de l'encre noire, arguant que la plupart de ses clients qui se font tatouer le prénom de leur conjoint reviennent quelques années après pour le faire recouvrir.

C'est ce que j'ai fait, mais seulement sept ans après la rupture, c'est-à-dire que je me suis promenée pendant sept ans avec le prénom de mon ex sur le bras.

— Euh, est-ce que tu t'appelles Jean-Philippe ? Non ? Bon, alors, au suivant !

On n'en est pas encore là.

À ce moment de l'histoire, je suis toujours avec Jean-Philippe, amoureuse et bienheureuse, imbécile, heureuse, et cela me va bien.

Je lui voue un tel culte qu'il m'accompagne aux soirées de gala organisées par les organismes de charité dont mon entreprise est mécène, ainsi qu'aux matchs sportifs des équipes qu'elle sponsorise.

Regarder les matchs se dérouler sous vos yeux, ce n'est pas comme regarder un match à la télévision. Vous vivez le match, vous êtes dans l'ambiance. L'avantage des sports comme le basketball ou le handball, c'est que vous êtes proches du terrain, vous n'êtes pas de simples spectateurs, le jeu vous pénètre de l'intérieur. La musique, les réactions des supporters, les expressions des joueurs, les échanges avec des gens que vous ne connaissiez pas avant la mi-temps, cette ambiance de stade vous transcende, toute cette mascarade vous embarque. Votre conscience personnelle se fond dans la conscience de foule. Vous êtes parmi la foule, vous êtes la foule. Vous ovationnez avec la foule. Vous criez votre déception avec la foule.

JP en fait trop. Il est au-dessus des lois de la foule. Il ne peut pas s'empêcher de hurler dans les gradins, d'insulter les joueurs, même lorsque la foule ne réagit pas. Bien sûr, s'il avait été sur le terrain, il aurait fait mieux qu'eux. Le roi du carnaval !

— Oh putain, oh putain, mais NON ! Non ! Mais qu'est-ce que tu fais abruti, mais cours ! Prends-lui la balle !

S'il ne faisait que commenter. Mais il vit le match, il se lève, il gesticule. Tout le monde nous regarde, cela me fait rire.

Il a cette expressivité forte, son visage se transforme à chaque émotion, ses réactions vives et impulsives me font sursauter. Dans sa tête, il est sur le terrain, il est dans le match.

À la maison, il se comporte de la même façon. Quand il est là, je n'ai plus la télécommande. Il regarde le sport, pas juste le football, non, ce serait trop facile, non, il regarde tous les sports, ce qui inclue le rugby, le basketball, la natation, le golf, même le poker et la pêche. On en est là !

Le vrai cliché ! Pourtant si attentif à son apparence en public (jean diesel, veste en cuir et gel dans les cheveux), il peut se comporter comme un vrai bof les jours de match. Je le vois souvent mettre les pieds sur la table, vêtu d'un short de sport ou d'un bermuda, les chaussettes remontées à mi-mollet, et d'un t-shirt du PSG, une ou plusieurs canettes de bière à portée de main. Ses fesses ont laissé leurs empreintes sur mon canapé-vie.

Lorsque son équipe préférée marque un but, il fait trois fois le tour du canapé en criant « Ouais ! Ouais ! Ouais ! », tout en contractant le biceps, poing serré, d'un geste vainqueur. Si le

PSG remporte un match, son humeur est au beau fixe mais, si le PSG perd, l'ambiance de la soirée devient glauque.

Si, en période de championnat, l'harmonie de notre couple dépend des prouesses d'une équipe de foot, en dehors de ces temps forts, nous trouvons chacun notre place dans notre cocon, nous avons nos moments de délire, nous sortons. Jean-Philippe est très généreux et il sait me surprendre. C'est un mec attentionné, qui, afin de rester le plus longtemps possible près de moi le dimanche, ajourne au maximum son départ, au point qu'il est assez fréquent qu'il décide en dernière minute de ne repartir que le lundi à quatre heures du matin.

Il n'est pas qu'un séducteur qui a un gros problème avec ses forces compulsionnelles, c'est un petit ami obligeant et un excellent amant. Une autre bonne raison de psy pour rester avec lui.

S'il avait pu le cacher, ou faire preuve de plus de discrétion, nous aurions pu vivre ensemble sereinement, couler des jours heureux. Encore une fois, on pourrait refaire le monde avec des « si ». Ne jamais regretter, vivre le moment présent. Garder en tête cette règle d'Épictète.

« *Ne cherche pas à faire que les évènements arrivent comme tu veux, mais veuille les évènements comme ils arrivent, et le cours de ta vie sera heureux* ».

JP n'est pas un homme sûr. Il n'est pas méchant, mais c'est un Don Juan, charmant mais infidèle, et toujours trahi par la providence. L'ironie du sort !

On peut vraiment dire qu'il a le mauvais œil, le garçon. Il est maudit, il a la malédiction des dix commandements, surveillé par un esprit haut placé qui m'envoie des signes à chaque tentative d'incartade. « Tu ne tromperas pas ta femme ». C'est comme ça.

Comme cette nuit où son téléphone m'appelle tout seul à son insu.

Juillet 2009. Cela fait maintenant plus d'un an que nous sommes en couple. Il est parti à Lyon fêter l'anniversaire d'un ami. Au risque de vous étonner, je lui fais toujours confiance.

Alors que je dors paisiblement, la sonnerie de mon téléphone retentit, en plein milieu de la nuit…

« Misère oh misère ! ». Que va-t-il encore se passer ?

****

Sarah : « Coucou miss, ça va ? Alors, comment va ton ex-revenant ? »

Vous : « Il m'a envoyé une photo, il a bien changé. Il a des cheveux hyper touffus qui forment comme un nid de coucous au-dessus de la tête, une barbe super longue aussi, très mal taillée. »

Il dit que c'est à cause du confinement, qu'il ne peut pas aller chez le barbier.

Sarah : « Fais voir. Envoie par WhatsApp. »

Envoyé. Reçu. Lu.

Sarah : « Ah oui dis-donc, il fait très homme de Cro-Magnon. »

Vous : « Oui ! C'est super marrant. Quand il m'a demandé si la photo me plaisait, je lui ai envoyé une image de Troll, tu vois les petites poupées avec des cheveux fluo qu'on avait quand on était petites. »

Sarah : (rires) « Oui, je me souviens. »

Vous : « Du coup, je lui ai donné un surnom gaulois. »

Smiley.

Vous : « Sinon, toi ça va ? »

Sarah : « Ben, j'essaie de me détendre en jouant aux jeux vidéo et, depuis que je sais que je vais reprendre le boulot, je suis à fond sur le ménage. »

Vous : « Ce n'est pas censé t'énerver les jeux vidéo ? »

Sarah : « Non. »

Camille : « U+1F602 » (Visage riant aux larmes)

Vous : « Pourquoi tu t'excites à fond sur le ménage ? »

Sarah : « C'est ma fuite contre le stress. Je suis contrariée de ne pas rester en inactivité avec monsieur. »

Vous : « Surtout, si tu encore stressée après le confinement, rappelle-moi de te prêter mon appartement. »

Sarah : « Yes. U+1F602 » (Visage riant aux larmes)

Vous : « Tu n'as vraiment pas envie de retrouver ton univers professionnel, ton petit monde à toi ? »

Sarah : « Ben justement. En étant avec Vincent, j'ai mon monde à moi. Il me permet d'être zen, détendue et de faire tout ce que je veux. Aller bosser, ça m'empêche d'avoir mon monde à moi. »

Je me rappelle tout à coup que cela fait un moment que je n'ai pas ressenti cela avec quelqu'un, depuis mon histoire avec Jean-Philippe, justement.

Vous : « Ah oui, c'est sûr au boulot tu ne peux pas te déplacer partout à poils. Yes. U+1F602 » (Visage riant aux larmes)

Sarah : « T'es bête ! Je me suis déplacé le coccyx en plus. J'ai mal au cul. Alors j'ai acheté un coussin de vieux. Regarde ! »

(Photo)

Vous : « Ouf, j'ai cru que tu allais m'envoyer une photo de ton cul. C'est moche comme coussin. »

Sarah : « Ben, oui. »

Sarah, derechef : « Quand Vincent est là, je fais mon tricot et ma papeterie à côté de lui, je me détends. »

Vous : « Il te faut ton Vincent. »

(C'est vrai que ça a l'air pratique un Vincent)

Sarah : « Oui, il me sécurise et il m'apaise. »

Vous : « Et lui, il pense pareil ? »

Sarah : « Non. U+1F602 » (Visage riant aux larmes).

Vous : « Mdr. »

Sarah : « Lui, ça ne change rien, je pense. Tu sais, à part jouer à sa console et jardiner, il ne fait pas grand-chose d'autre. Tu veux voir notre potager ? On a des tomates et de l'origan. »

(Photo)

Vous : « Waouh. Tout le monde se met au jardinage pendant le confinement ! Ma mère, ma collègue de travail, toi maintenant. Je vais bientôt avoir plus de photos de tomates que de photos de mecs dans ma galerie. »

Sarah : « des photos de bites ? »

Vous : « Tu rigoles, mais j'ai dû en effacer plein. Tu sais quand tu es dans les sites de rencontres tu discutes, au départ c'est mignon, au fil des jours les conversations peuvent tendre légèrement vers l'érotisme, et alors là… le mec s'emballe. Il te dit : “J'ai une surprise pour toi”. Et là, la surprise c'est que tu reçois… une photo de sa bite ! Je n'ai jamais compris ! »

Sarah : « U+1F602. U+1F602. U+1F602. (Visage riant aux larmes, répété trois fois.) Ils t'ont fait un beau dessin. »

Vous : « Non, mais faut leur dire de ne pas faire ça. Faut mettre des affiches de sensibilisation dans le métro, dénoncer ces pratiques dans les journaux, faire quelque chose ! Le pire c'est que, envoyé par WhatsApp ça vient tout de suite alimenter ta galerie. »

Sarah : « Bah, ils sont fiers de leur machin, mais oui, je suis d'accord. Tu aurais dû les conserver et faire un jeu pour retrouver le propriétaire. Un truc du genre : relier la bonne bite avec le bon profil. U+1F923 (se rouler par terre de rire).

Allez, je vais manger. »

Vous : « OK, j'ai compris, je te saoule, lol » (*Laughing Out Loud : en langage SMS, en gros ça te fait rire, mais on a tendance à le mettre partout maintenant*). « Bon appétit et gros bisous ! »

****

Vous vous rappelez que JP est à Lyon, chez des amis, pour une soirée d'anniversaire ?

C'est une nuit d'été ordinaire, le temps est doux, clément, pas d'orage à l'horizon. Je dors d'un sommeil profond, paradoxal, quand cette putain de sonnerie s'enclenche et me réveille. Sur l'écran de mon Samsung SGH E250 coulissant (remettons les objets dans leur contexte temporel !), je vois s'afficher « Doudou » (*oui, oui, je sais, c'est ridicule, mais j'aimerais bien voir vos petits noms…*). U+1F914 (Visage en pleine réflexion).

Je jette un œil sur le réveil, un réveil matin à piles avec écran LED (*chaque chose ayant alors encore son usage propre à cette époque*) qui affiche quatre heures du matin. Quatre heures, c'est tard pour lui, c'est encore tôt pour moi.

Mon mec qui m'appelle en plein milieu de la nuit, évidemment, ça m'inquiète un peu.

Je réponds.

— Allô ?

Des voix masculines retentissent en arrière-fond.

— Allô ?

Voix grésillantes, à peine audibles, partiellement couvertes par le bruit du vent.

Bien sûr, je pourrais raccrocher, mais ma curiosité me pousse à tendre l'oreille, et ce que j'entends me laisse éberluée.

Ces voix plus ou moins lointaines sont celles de trois ou quatre hommes manifestement ivres d'alcool.

Je colle au maximum le combiné contre mon oreille afin d'essayer de capter des bribes de leur « conversation ». À partir de ces fragments de phrases, je parviens, non sans peine, à reconstituer la scène.

L'un d'entre eux semble avoir quelques difficultés à se mouvoir et deux de ses amis le soutiennent avec peine. Il manque à plusieurs reprises de tomber.

Une voix plus assurée, avec une articulation plus nette, s'émancipe du groupe.

— Venez ! On va en boîte pour se taper des meufs !

Bien que l'auteur ne soit pas identifiable, le téléphone m'échappe des mains. Je demeure quelques instants interdite, assise contre la tête de lit, le téléphone sur les genoux.

Cette idée débile et immature pourrait-elle être celle de Jean-Philippe ? Connaissant l'énergumène, cela pourrait très bien être du JP tout craché !

Pour m'en assurer, je le rappelle, et il répond immédiatement.

— C'est qui ?

— À ton avis ?

— Pourquoi tu m'appelles à cette heure-là ?

Il se marre. Rire nerveux. Bourré et con, par-dessus le marché !

Je lui retourne la question :

— Pourquoi toi, tu m'appelles à cette heure-là ?

— Hein ?

— J'ai tout entendu imbécile, ton idée géniale d'aller vous « taper » des filles en boîte. Ton téléphone s'est enclenché dans ta poche. C'est quoi cette histoire ?

J'ai prêché le faux pour savoir le vrai. À ce stade, je ne suis sûre de rien, et peut-être que je l'accuse à tort.

Silence évocateur.

— Euh… ouais… mais, si j'ai dit ça, c'était pour remonter le moral de mon copain.

Le lièvre a sauté dans le collet.

Aucun remords ! Il a l'air tout heureux de sa réponse, tout fier de lui. Cet imbécile vient juste de se balancer lui-même et il roucoule comme un pigeon. Évidemment, pour ma part, je ne rigole pas, parce que le pigeon, dans cette histoire, pour l'instant, c'est moi.

— Jean-Philippe, quand tu rentreras, il faudra qu'on parle.

En général, les hommes n'aiment pas ce genre d'allusion, qui sonne comme un ultimatum. Notre JP commence à déchanter et se met à chialer.

J'avais la même technique quand j'étais ado. Quand ma mère m'a surprise avec ma première clope, j'ai commencé par pleurer comme une madeleine. Je me suis enfermée dans ma chambre, et j'ai dit que je savais que j'étais une mauvaise fille, que je m'en voulais, que je méritais toutes les punitions possibles.

Une technique à la « Eminem » (*voir le film 8 mile*). Je n'ai pas été punie.

— Voilà ! Mes copains sont partis. Ils m'ont laissé. Je suis seul. J'ai peur. Je ne me sens pas bien. Je ne me sens vraiment pas bien.

— Ah ben oui, maintenant ça va être ma faute. Tu es où ?

— Je ne sais pas.

Attendrie par ses pleurs, je commence à le prendre en pitié. Je l'imagine perdu, au milieu d'un trottoir, dans une ville qu'il ne connaît pas, triste comme Niobé. Mon pauvre doudou.

Submergée par un instinct presque maternel, j'enfile mon costume de super héroïne. Je ne mets pas cinq minutes à m'habiller, je fonce au garage et je démarre ma Smart (*la parisienne par excellence*). À quatre heures et demie du matin, encore à moitié endormie, je m'apprête à faire quatre cents kilomètres pour aller chercher mon petit ami éméché, sans aucune IGP (Indication Géographique Précise).

Après avoir manqué à plusieurs reprises de me ramasser sur le terre-plein central, terrassée par le sommeil contre lequel j'essaie de lutter à coup de clopes et d'effets de sono, essayant malgré tout de me concentrer pour décrypter les informations confuses données par mon co-pilote à distance, je le retrouve finalement rue de la Villette. Il se tient debout, comme un petit garçon, tête baissée, un ballon de football sous le bras. S'il n'était pas si grand et si musclé, on lui donnerait huit ans.

Je ne cherche même pas à comprendre pourquoi il est là ni d'où vient son ballon. Je m'en fiche.

— Monte tout de suite dans la voiture !

Jean-Philippe exécute mes ordres sans mot dire.

La route ne m'a jamais semblé aussi longue jusqu'à Paris. Je reste de marbre. Aucun de nous deux n'ouvre la bouche. Silence funéraire durant tout le trajet.

Pendant ce temps qui me semble interminable, je cogite, tournant et retournant les évènements dans ma tête comme un Rubik's cube. Il ne s'agit pas d'un mensonge, à proprement parler, concrètement, il n'a rien fait, mais il aurait pu, en tout cas, il l'a envisagé. L'intention est-elle aussi grave que l'action ?

La défense pourra toujours dire qu'il était sous l'influence d'un psychotrope et le juge, clément, saura reconnaître que, s'il y a eu intention dans cette histoire, aucun crime n'aura vraiment été commis, et que la leçon qu'il en aura tirée vaut en elle-même compensation.

« *Aimer, c'est ne pas désespérer d'un être qui vous a déçu [...] Aimer, c'est pardonner soixante-dix fois sept fois, ce qui, en hébreu, signifie toujours* »[7]

Soixante-dix-sept fois, c'est beaucoup quand même ! Mais bon, je veux bien essayer, pour cette fois.

En effet, tout aurait pu s'arrêter là, et commencer au même endroit. Une page se tourne et une autre s'écrit, tournée vers un avenir radieux. La fuite, c'est la solution de facilité.

Après cet épisode, Jean-Philippe et moi entrons dans une phase de consolidation, avec des envies et des projets plein la tête, que nous allons rapidement mettre en application, comme si ces évènements lui avaient ouvert les yeux sur l'intensité et la solidité de notre relation.

Mon petit-ami redouble désormais d'attentions, d'énergie positive et de projections. Nous faisons aussi beaucoup l'amour, depuis cette épreuve. Le corps a ses raisons auxquelles la tête veut croire.

Le plus important pour moi dans une relation, c'est d'avoir mes trois piliers, mes trois « S » : Sécurité, Sérénité, Sexualité.

Notre investissement le plus significatif, c'est notre décision d'acheter un appartement, ce qui est pour moi un engagement fort, témoignage de la solidité de notre relation, de la sincérité des sentiments que nous avons l'un pour l'autre. Afin de faciliter les démarches communes, Jean-Philippe propose de me virer son salaire et de me laisser gérer notre compte commun, ce qui,

---

[7] Stan Rougier, 2006. *L'amour comme un défi.*

pour moi, revient à avoir deux salaires étant donné qu'il me dit n'avoir besoin que de quatre cents euros par mois pour ses cigarettes et son essence, lui qui est nourri, logé au travail, et s'attife de vieux vêtements. Je n'ai jamais aussi bien vécu de toute ma vie et pourtant, je n'ai jamais aussi bien géré un budget que pendant cette période-là (depuis notre séparation, ma gestion budgétaire est désastreuse).

« Une femme doit pouvoir se faire plaisir pour être belle, ma chérie. Du moment que nous ne sommes pas à découvert, fais ce que tu veux ». Il ne faut pas me le dire deux fois !

La sécurité, premier « S » de mon triptyque, n'est pas que matérielle, elle est morale aussi. La confiance était au cœur de notre relation car, malgré toutes ses incartades, je n'ai jamais cessé de lui faire confiance. Je crois en notre relation, et je crois fermement au destin, à des lendemains qui chantent (j'entends presque les petits oiseaux).

Vous vous souvenez de cette interview de Paco Rabanne par Thierry Ardisson, en juin 2014, à l'occasion de la promotion de son livre *Le Fil d'Ariane* ? Il faut la revoir, elle est extraordinaire, quel Homme exceptionnel ! Décrié, moqué, mais en attendant, célèbre et suivi. Fou ? Pourquoi serait-il moins sain d'esprit qu'un autre ? Parce que ceux qui ne croient pas en la fin du monde sont plus nombreux ? Il y a encore un an, le film de Steven Soderbergh était une fiction, un film peu visionné malgré un casting « de ouf ». Considéré comme « irréel » en 2011. Téléchargé à mort pendant le confinement. Parce qu'il est bon de s'évader, de rêver, son histoire d'ange gardien, il me plaît bien d'y croire. J'aime l'univers fantastique. N'est pas fou qui veut croire. « *Qui vit sans folie n'est pas si sage qu'il croit*[8] ». Vous ne pouvez pas savoir à quel point cette citation a, à un

---

[8] François de La Rochefoucauld, *Maximes*.

moment, influé sur le cours de ma vie. Un jour, je vous raconterai. Ou pas.

Laissons donc les imprécateurs de notre cher Paco dans leur triste et morne réalité rationnelle.

Après tout, jusque-là, mon ange gardien s'est toujours manifesté au bon moment.

Nous dormons tous deux sur nos deux oreilles, la Sérénité, deuxième S de mon triptyque amoureux, incarnation du couple parfait, est au rendez-vous.

Pour ce qui est de la sexualité, on peut dire que nous avons toujours eu une complicité totale, ce qui lui a d'ailleurs coûté deux passages aux urgences. U+1F60E (Visage avec lunettes de soleil).

Oui, oui, je vais vous raconter tout ça, c'est drôle.

La sexualité, c'est le « pilier » de la relation pour la plupart des couples, surtout quand vous interrogez des célibataires et de jeunes couples. Les autres ont en général une opinion un peu nuancée par le poids des années (les sages parleront « d'expérience » ou de « routine conjugale », d'amour « Philia », mais appelez cela comme vous voudrez).

Nous appartenons à la première catégorie, étant encore il y a peu de jeunes célibataires, tout en étant un couple tout beau tout neuf qui se plaît beaucoup. Nos rapports sexuels sont donc intenses et rapprochés. Nous faisons l'amour avec beaucoup de tact et de respect, laissant toutefois libre cours à quelques fantaisies. Les vacances, sans pression ni contraintes, sont propices aux rapports charnels, et il me semble que c'est au moment de ces vacances de l'été 2009, à la toute fin du mois d'août, que la scène qui suit se déroule. Âmes sensibles s'abstenir.

Jean-Philippe se réveille un matin la bite tout irritée. Il souffre, il a mal, il finit par consulter un urologue.

Diagnostic de l'urologue : le frein a rompu. On le savait.

Prévision de l'uro-météorologue : fragilisé, il risque de péter à répétition.

Pour JP, c'est extrêmement douloureux.

La rupture du frein arrive bien plus souvent chez les hommes ayant un prépuce que chez les hommes circoncis.

Donc, solution de l'urologue : il faut opérer. Facile à dire !

Notre JP rentre tout flippé, tout retourné, il a peur, il ne sait pas quoi penser.

— Franchement, elle veut m'opérer la bite, mais je ne veux pas qu'on me coupe la bite, moi.

Ayant déjà vécu une relation avec un homme circoncis par le passé, je tente de le rassurer :

— Tu sais, il y a beaucoup d'hommes qui sont circoncis, et cela leur va bien. Le sexe est d'ailleurs beaucoup plus joli, il n'y a pas cet horrible bout de peau replié sur lui-même qui vient recouvrir le gland.

— Ah bon ? Tu trouves ça moche ?

— Oui, c'est comme une banane : c'est meilleur sans la peau.

Ma dialectique semble faire son effet. Pendant qu'il continue à observer scrupuleusement sa queue, je poursuis mon exposé :

— D'ailleurs, les hommes circoncis sont plus performants et plus endurants, et leur sexe paraît plus gros.

— Ah oui ? C'est vrai ? Faut que je rappelle l'urologue pour programmer l'opération ! Tu jures que c'est mieux, hein ?

— Oh oui, tu vas avoir un beau gros, énoooorme zizi.

Le sexe de l'Homme est son salut. Si vous voulez plaire à un homme, ne lui dites pas qu'il est génial, parlez-lui de sa bite.

Quelques jours plus tard, Jean-Philippe rentre avec un sexe tout neuf. Son opération s'est très bien déroulée. Après avoir hésité entre une anesthésie générale et une anesthésie locale, il a finalement opté pour l'anesthésie locale. Il se sent brave, courageux.

Je n'ai pas pu l'accompagner le jour de l'hospitalisation, ayant dû me rendre à Marseille pour une semaine d'observation au sein d'une filiale d'un groupe client.

Lorsque je rentre, le jeudi soir, JP est opéré et recousu depuis quatre jours.

Habituellement, au mois d'août, nous faisons tout un tas d'activités de plein air : balade en VTT dans le bois de Vincennes, course à pied, piscine, badminton, visites de musées.

J'aime beaucoup les musées, c'est en lien avec mon intérêt pour l'Histoire. Ce que j'aime dans une œuvre, ce n'est pas tant la beauté de l'œuvre en elle-même, que l'histoire personnelle et intime de son auteur, témoin des grands évènements, des mœurs, de l'état d'esprit de son époque. Les peintures, les sculptures, les photographies sont, comme en littérature, le regard de leur maître porté sur ce qui l'entoure ou sur ce dont il a entendu parler, qu'il soit simple observateur, critique ou admirateur.

J'aime connaître la vie de l'artiste, savoir pourquoi il a peint ou écrit, quels ont été ses influences, ses peurs, ses envies, ses frustrations, ses malheurs.

La lecture d'une biographie d'artiste célèbre me donne l'impression d'être une espionne écoutant à travers une porte, espionne de l'Histoire, en somme.

Les biographies d'artistes sont bien plus intéressantes que les Paris-Match modernes. Entendre que Cézanne était un caractériel et que Zola lui a piqué la petite fleuriste du quartier,

Gabrielle[9], que Van Gogh emmenait Gauguin dans les maisons closes et que les deux hommes ont chopé la syphilis[10], que Guillaume Apollinaire a dû toucher deux mots à Marie Laurencin en aparté parce qu'elle était bourrée à une soirée[11]. Si, je vous assure, on trouve ce genre d'infos aussi dans les livres, et les plus grands de notre époque sont comme vous et moi.

Évidemment, je ne m'intéresse pas qu'aux petites anecdotes, mais les petites anecdotes peuvent expliquer de grandes choses. Les disputes, les frustrations, la jalousie sont à l'origine de poèmes inédits, la solitude, l'amertume, la colère créent de belles peintures.

La plume et le pinceau des artistes de la fin du dix-neuvième siècle et du vingtième siècle sont la voix du cœur.

Certaines scènes ou figures artistiques sont très émouvantes et me font pleurer. Si vous regardez juste le tableau, il peut susciter chez vous un intérêt et vous lui mettrez alors une épithète. Ce tableau est « beau », ou « laid » mais, si vous apprenez de son créateur, vous comprenez qu'il n'est pas juste de le réduire à une appréciation, qu'il est l'âme de l'artiste qui l'a accouché, qu'il renferme un message.

En 2012, à l'occasion d'une exposition exceptionnelle au Musée Maillol sur l'œuvre de la peintre italienne Artemisia Gentileschi, j'ai presque pleuré devant Judith décapitant Holopherne, bouleversée par l'émancipation de la condition féminine à travers la peinture – très peu de femmes avaient cette liberté de peindre à cette époque, et la liberté d'expression pour dénoncer cet acte barbare. On peut dénoncer avec subtilité et

---

[9] Biographie de Cézanne, par Bernard Fauconnier, 2006 chez Gallimard
[10] Biographie de Van Gogh, par David Haziot, 2007, chez Gallimard
[11] Autobiographie d'Alice Tolkias, Gertrude Stein, 1980, chez Gallimard

peindre sur une scène historique la figure de son agresseur, on peut aussi s'indigner avec colère et avec passion.

Les œuvres de David Wojnarowicz, modernes dans leur conception, expriment la colère et la rage face à une société stigmatisante vis-à-vis de la population homosexuelle et des malades du sida. L'artiste se veut à la fois témoin des injustices de son temps et instigateur du changement des comportements humains. J'ai placardé l'affiche de l'expo sur la porte de mes toilettes.

Que dire de la transfusion du sang de chèvre de Jules Adler, tableau monumental qui montre la dangerosité et le caractère hasardeux de certaines pratiques médicales surannées – la patiente allongée, si jeune et si pâle dans son drap dont la blancheur contraste avec les costumes noirs des personnels médicaux est vraiment décédée de la suite des soins du médecin Samuel Bernheim (1855 – 1915) ? Quand on voit l'avancée des techniques médicales grâce aux progrès des sciences et de la technologie, et le dévouement des équipes soignantes à l'heure de la plus grande épidémie de notre siècle, on peut mesurer à quel point le progrès est important.

Non, ce n'était pas « mieux avant », c'était juste différent.

Jules Adler était juif. Il s'en est tiré grâce à ses relations avec des politiques admirateurs de ses œuvres, mais il a vécu enfermé plusieurs années dans l'asile de la rue de Picpus, aujourd'hui la Fondation Rothschild, cet Ehpad (Établissement pour Personnes Âgées Dépendantes), dont on a tous entendu parler le seize mars deux mille vingt en raison de la vague de décès de personnes âgées atteintes du coronavirus.

C'est en visitant le Centre d'Art et D'Histoire du Judaïsme que je l'ai appris, juste avant le confinement. Je me suis dit : « Mince alors, j'habite juste en face » !

Tout cela, c'est notre Histoire, et je suis toujours très étonnée lorsque je vois si peu de monde dans nos musées. Si on ne s'intéresse plus à notre propre histoire généalogique, alors pourquoi s'intéresser à celle des autres ?

J'exagère peut-être, sûrement même, mais je suis triste de voir à quel point les réseaux sociaux nous accaparent et nous mettent des œillères. Cette maladie m'a rongée pendant des années, et j'essaie de m'en soigner. Il n'est pas trop tard, alors sortons, bordel ! (Smiley) Que la crise ait au moins servi à ça.

Revenons à notre JP.

Jean-Philippe m'accompagne parfois dans des expositions d'artistes connus, mais il parle à voix haute, et il dit n'importe quoi. Alors, je préfère y aller seule, et le laisser jouer à GTA (c'est un jeu sur console, on en était alors à la PS3).

C'est ce que je fais ce week-end-là, lasse de le voir observer sa bite recousue à longueur de journée. Je m'achète un billet pour le Jeu de Paume et je vais voir une expo.

À mon retour, il est toujours à la même place, toujours cul nu pour laisser « respirer » ses fils.

Bien que le médecin lui ait dit de patienter dix jours avant d'avoir de nouveau des rapports sexuels, Jean-Philippe, malgré les fils résorbables, n'en fait qu'à sa tête. Lors d'un rapport intense dont la jouissance lui fait sur l'instant oublier la douleur, les points cèdent.

Notre Jean-Philippe se lève et se rend dans la salle de bain pour se rincer la bite. Et là, c'est le drame. Du sang tombe à petites gouttes de son sexe pour former comme une petite flaque entre ses jambes.

Je le vois paniquer :

— Putain, ma bite…

Il crie, il s'agite, il tourne dans l'appartement.

— Arrête, tu mets du sang partout là ! Mets un caleçon !

— Mais c'est ma bite, merde !

— Oui, ça va ! J'appelle les pompiers. En attendant, enfile un caleçon et prends ça.

Je lui tends une serviette hygiénique.

— Tu ne crois quand même pas que je vais mettre tes pâtes à cul ?

Même là, il fait son fier.

— Bon, assieds-toi sur le lit, je vais mettre une serviette de toilette sous tes fesses. Et arrête de gesticuler partout, tu ne fais qu'aggraver les choses.

— Mais c'est ma bite, merde !

Il est totalement terrorisé, la tête entre les mains. Sa sacro-sainte bite saigne.

Le ton monte et devient agressif :

— Tu fais quoi là ? Tu les appelles ou quoi ?

Je suis obligée de m'énerver aussi :

— Oh, tu te calmes, oui ? Ils m'ont mis en attente, on n'est pas les seuls à appeler, figure-toi ! Déjà, si tu arrêtais de t'exciter comme un barjo.

Son visage est décomposé, il fait pitié à voir. Je sais que ce n'est pas drôle mais je me doute bien que ce n'est pas si grave, ça saigne un tout petit peu. Au fond, j'ai quand même un peu envie de rigoler.

Je suis au téléphone sur une petite musique d'attente, les lamentations de JP en fonds sonore.

— Ma bite…

Au bout de cinq à six minutes, je finis par avoir une dame très aimable qui me demande de lui expliquer la situation. Comme celle-ci n'a aucun caractère d'urgence, et que les équipes de secours sont déjà fortement mobilisées, elle me suggère de nous rendre au service d'urgences le plus proche.

— Habille-toi, on va à l'hôpital.

Jean-Philippe est consterné.

— Quoi ? Ils ne viennent pas me chercher ?

— Ce n'est pas une urgence. Tes fils ont sauté, il faut les recoudre.

— Ma bite ? Pas une urgence ?!

Jean-Philippe, rongé par l'angoisse, s'en prend à tout ce qui l'entoure, c'est-à-dire… moi.

— C'est bon j'ai enfilé un pantalon. Tu fais quoi, là ?

— Je cherche les clefs.

— Bon, tu te magnes ?! Je suis en train de perdre ma bite, là !

Je ne réponds pas, je prends sur moi, j'essaie de faire preuve de patience et de bienveillance, même si ce que je ressens au fond de moi est plus proche de l'agacement.

De la patience, il en faut à l'hôpital (en même temps, il y avait quand même des cas plus « urgents »). Après plusieurs heures d'attente, sans nouvelles, j'ai fini par m'assoupir en salle d'attente.

C'est aux environs de cinq heures du matin que Jean-Philippe réapparaît, encore plus énervé qu'avant.

— Ça s'est mal passé ? je lui demande

— Viens, on se casse d'ici ! Des fous, des fous !

Sur le trajet, il m'explique qu'il a poireauté dans un couloir pendant une demi-heure avant d'être pris en charge, que, pendant ce temps, sa bite saignait, qu'il « flippait [sa] race ». Soudain, un médecin s'est approché de lui avec un grand sourire. Il l'a invité à entrer dans une petite salle de soins très étroite et lui a demandé, dans un accent africain très prononcé :

— Alows mon fwèwe, ça va ? Qu'est-ce qui t'amène là ?

Jean-Philippe lui a alors montré son sexe écorché et, non seulement le médecin a inopinément dédramatisé, mais il s'est carrément fichu de sa tronche :

— Oh, mais ce n'est wien, un tout petit bobo ! Faut attendwe que les fils tombent avant de faiwe du sexe, mon fwèwe, hé hé hé. Bon, on va wecoudwe tout ça.

Ensuite, une infirmière est entrée dans la salle et, après avoir jeté un coup d'œil gêné sur le sexe amoché, lui a demandé quel fil elle devait utiliser. Il a répondu avec beaucoup d'hésitation, il n'avait pas l'air très sûr de lui.

— Euh, je cwois que plus le fil est petit…

« Tu te rends compte, ce sont des dingues, des dingues ! J'étais dans un placard avec une espèce de marabout possédé qui appliquait les coutumes ancestrales de son pays ! Je ne sais pas d'où il venait le mec, mais je te jure, je n'y retournerai plus jamais ! Jamais ! Franchement, je flippais, je me suis cru dans un sketch. Oui, un sketch, et le mec il ne m'a même pas anesthésié !

— Quoi ?

— Non ! Il a dit : "on anesthésie pour moins que ça dans mon pays". Franchement, quand il a dit ça j'ai hésité à me barrer, je ne voulais pas rester, je croyais qu'il allait m'estropier, que je n'allais plus jamais revoir ma bite ! Il m'a recousu à vif, j'ai douillé. Il m'a pris pour un guerrier Massaï ce taré !

Partagée entre l'envie de rire et de le plaindre, c'est avec une sincérité teintée d'hypocrisie que je lui affiche mon soutien moral.

— Mon pauvre chéri, comme tu as dû souffrir !

— Ah ! m'en parle pas, c'était horrible.

— On va faire attention, maintenant.

— C’est sûr, ce n’est même pas la peine d’y penser, tu ne me touches même plus ! »

Mais bien sûr, tiens. Comme si c’était moi qui allais craquer la première ! Évidemment, on a quand même très vite refait l’amour.

Après deux mois de recherches et trois mois de formalités à remplir, nous avons fini par l’acheter notre appartement, notre chez-nous, un très beau deux-pièces rue de Picpus, ce deux-pièces situé face à l’hôpital Rothschild dont je vous parle souvent depuis le début de ce roman.

Nous avons – enfin – un ascenseur, un petit balcon, et même une baignoire. C’est un véritable luxe d’avoir tout ça à Paris.

Quarante-deux mètres carrés de bonheur, à retaper et à décorer comme on veut, ça n’a pas de prix. Si, en fait, ça en a un. Quatre cent quatre-vingt-dix mille euros, prix non négociable bien sûr – à ce tarif-là, le propriétaire considère que c’est donné ! – avec, en prime, quelque vingt mille euros de travaux à prévoir.

Nous avons un dossier financier très moyen, avec peu d’apports – un dossier de jeunes quoi ! Avec une mensualité cible finale de deux mille trois cents euros, nous sommes assez nettement au-dessus du taux d’endettement « limite » de trente-trois pour cent. C’est la raison pour laquelle nous décidons de passer par un courtier. Ce monsieur, efficace, nous met rapidement en relation avec une petite banquière aimable et conciliante qui accepte de nous faire ce prêt dont nous avions besoin, étalé sur trente ans.

Trente ans, c’est long et pas long à la fois car cela reste raisonnable pour deux personnes de vingt-quatre et vingt-six ans qui peuvent se projeter quittes de toutes dettes à un peu plus de cinquante ans.

Bien que lourdement et longtemps endettés, nous voilà propriétaires d'un deux-pièces parisien qui donne directement sur la coulée verte, avec un garage pour notre voiture, dans l'une des rues les plus calmes de Paris. Le voisinage n'est pas très bruyant. Nous sommes entourés de deux Ehpad et, chose pratique, nous habitons juste au-dessus d'un Franprix.

Tout nous sourit : nous sommes jeunes, nous nous aimons, nous venons de concrétiser notre premier investissement, nous avons encore des rêves et des projets plein la tête.

Suite logique, nous évoquons l'idée du mariage, mais, compte tenu de nos récentes dépenses, nous décidons de différer ce projet et nous envisageons plutôt de conclure un Pacte Civil de Solidarité.

Sur cette question du PACS, nous avons deux interprétations différentes. Pour moi, c'est un engagement sérieux et un peu magique. Pour lui, c'est une simple formalité, une assurance en cas de décès. Une interprétation sublimée versus une interprétation pratique de la chose, peu importe, le résultat n'en est pas moins le même : nous allons nous Pacser, et je veux une bague de Pacs !

Je préviens ma maman, ma grande sœur Christine – déjà mariée et mère de deux enfants de deux et six ans –, mon frère Paul, mes collègues, mon ami Tristan, mes copines Adeline et Sarah. Alors que je m'attends à des félicitations, des questions, un intérêt quelconque quoi, je m'aperçois vite que, le Pacs, tout le monde s'en fout, même les agents qui te font signer le contrat. D'ailleurs, quel acte sinistre, cette signature !

Au tribunal d'instance, on est aux antipodes des célébrations romanesques. En deux mille dix, le romantisme doit être dépassé. Tout le monde sait bien que la vie n'est pas un conte de fées. Déjà, aucun de nos proches n'est présent. Ni parents ni témoins. On est vraiment tous seuls. Le jour de notre « rendez-vous », on nous fait poireauter dans une salle d'attente défraîchie, avec d'autres couples qui attendent leur tour, vêtus de jean et de baskets, en mode « venez comme vous êtes ».

Nous sommes les seuls à avoir fait un effort vestimentaire, nous sommes même plutôt pimpants. Du coup, les « kékés » en décalage, c'est nous ! La majorité a toujours raison.

Nous avons apporté nos certificats de naissance, nos pièces d'identité, nos contrats recopiés à la main, documents que nous avions envoyés par la Poste au préalable (du coup, pourquoi les apporter ?).

— Jean-Philippe Debreu et Sabrina Moualhi.

La personne qui nous appelle n'est pas très dynamique. Le dessin animé n'existait pas encore il y a dix ans, mais je peux la comparer aujourd'hui à Flash, le paresseux de Zootopie… mais Flash au moins, il sourit.

Nous nous levons. L'air agacé, mais bombant le torse malgré tout, Jean-Philippe, impatient, qui souffle comme un adolescent depuis un quart d'heure (comme si ça allait faire avancer le schmilblick), avance à pas saccadés. Je sens qu'il a hâte de gribouiller son nom pour en finir au plus vite.

L'union se scelle dans un placard à balais, une vulgaire salle de photocopieuses, face à une vieille agente mal léchée à grosses lunettes à la voix trémulante. Les yeux rivés sur le contrat, elle ne prend même pas la peine de nous regarder.

— Signez ici.

Je m'efforce de rester agréable. C'est censé être un événement marquant de notre vie. Pour le coup, ça m'a marquée mais pas comme je l'aurais voulu.

Jean-Philippe, quant à lui, s'en fout royalement.

— Voilà une bonne chose de faite !

Traduction : tu ne me feras plus chier avec ça ! Ça fait rêver.

Je me fais une raison. Après tout, ce n'est qu'une étape vers l'union sacrée, le mariage, qui devrait être plus sympa. Smiley. Nous avons une très belle Église pas très loin de chez nous, l'Église de l'Immaculée Conception. Je m'imagine déjà dans ma belle robe de mariée, remontant gracieusement l'allée, pour rejoindre mon prince aux yeux embués de larmes dans son beau costume noir.

Oui, bon, je sais. Ça, c'est ce que nous voudrions toutes voir arriver. On a bien le droit de rêver encore un peu, non ?

Évidemment, rien ne va se passer comme je l'aurais voulu – sinon, ce ne serait pas drôle et vous n'auriez pas de suite.

Même lié par un contrat de Pacs, Jean-Philippe reste Jean-Philippe.

****

— Salut, ça va ?

— Oui ça va, et toi ?

Formules de politesse classiques, étape obligatoire avant le début d'une conversation. Convenez qu'il faudrait qu'on trouve autre chose, qu'on s'autorise des fantaisies, mais les conventions procurent souvent quelque confort.

— Tu fais quoi ?

— Je suis sur mon vélo d'appartement.

— Ah, mince, désolée. Je te rappelle plus tard, si tu veux.

— Non, non, c'est bon, je suis en pleine décélération.

— Tu as pédalé combien de temps ?

— Trente minutes, sur douze kilomètres.

— Ah ouais, pas mal.

Je descends de mon vélo semi-allongé et je repose mon livre de pédalage sur la porte-tablettes – autant faire d'une pierre deux-coups, je travaille le corps et l'esprit, et puis je suis plus endurante lorsque je lis, car je ne vois pas le temps passer. J'ai réussi avec la fréquence des entraînements à faire cette association d'idées : pédaler = lecture, lecture = pédaler.

C'est un roman à suspens, que je réserve à cette activité. Si je veux connaître la suite de l'histoire, je dois monter sur le vélo. C'est une réelle motivation !

Dans la rue, un sans-abri hurle des paroles incohérentes, les voitures passent à la chaîne, bruyantes. Quand on est parisien, on apprend à vivre avec le vacarme, les bruits de la rue, de la circulation, des éboueurs, des camions de livraison, on s'étonne quand on entend le chant d'un oiseau. En ce moment, la nature reprend ses droits. Les cris perçants des goélands argentés et des corneilles m'émerveillent chaque matin. Oh, des oiseaux !

— Tu es où avec ton ex ?

— Nulle part, curieuse. Tu sais bien qu'on est confinés. Je t'avoue que c'est de plus en plus difficile. On se cherche, on se dit des mots doux, on s'excite. On s'appelle peu, finalement. Si tu savais comme c'est différent de ce qu'on a pu vivre par le passé ! Il a changé, j'ai changé, je sens que tout a changé. Attends, je te mets en haut-parleur, je m'étire.

— OK.

— Oh, putain !

— Quoi ?

— Les poils que j'ai aux pattes ! Je viens de lever ma jambe sur le bar pour m'étirer, j'ai posé ma paume dessus, ça m'a piqué.

(Je vous avais bien dit qu'on allait reparler de mes poils.)

Sarah éclate de rire.

— Genre, comme un porc-épic.

— C'est ça ! Je te jure, je passe ma main, c'est vraiment piquant, si tu te frottes tu peux choper une épine !

J'avoue que j'étais un peu plus appliquée sur mon épilation avant le confinement.

— Heureusement qu'il ne me voit pas comme ça. On n'est pas toujours parfaites.

— Ouais, je sais, moi je suis une grosse brute épaisse, une bourrine, une maladroite.

— Ce n'est pas ta faute, c'est la malchance.

— Ça, c'est clair !

— Comme quand tu t'es cassé une dent de devant juste avant de prendre le train pour aller à un rencard à Grenoble, et que tu t'es fait bouffer la jambe par le chien du type en arrivant. Arriver à un plan cul avec une dent en moins et repartir avec trois points de suture, c'est ballot quand même !

C'est bon, ces moments de rigolade entre nous. Être enfermée seule dans un studio, c'est « hard » (anglicisme). Mon patron nous autorise à télétravailler, ce que notre « job » nous permet de faire sans grande difficulté.

Depuis quelques années, j'ai pris du « level ». Je suis devenue consultante senior, avec un portefeuille de très gros clients et une équipe de consultants juniors à « manager ».

Le métier de consultant est passionnant, je suis un peu le docteur des entreprises – ou autres organismes – qui me consultent, généraliste quand elles veulent un diagnostic général, ou spécialiste lorsqu'elles me demandent une étude approfondie sur un sujet précis.

Un vrai caméléon, le génie d'Aladin. Dites-moi ce que vous voulez être et je vous transforme.

Bien sûr, ça a un prix, il faut déjà avoir ramassé dans la caverne avant de se ruer sur la lampe.

Le génie ne fait rien gratuitement.

Ce que je fais ? J'accompagne les organismes qui me sollicitent dans leur quotidien, leurs projets de développement, leur restructuration, leurs changements. Pour conduire mes études, je m'appuie sur de jeunes cadres ambitieux aux profils variés que j'aide à monter en expertises. Il faut parvenir à identifier les axes de progression et les points forts de chacun pour créer une véritable dynamique d'équipe cohérente. Une équipe gagnante. Ah oui, j'ai oublié le mot « co-constructif », faudra que je pense à le placer la prochaine fois (c'est à la mode !).

Ma carrière est aussi brillante que linéaire : faire des études, poursuivre ses études, décrocher un premier job, gagner en compétence, avoir une promotion.

Si je devais la traduire en étapes de vie, cela donnerait : naître, grandir, se mettre en couple, se marier, avoir des enfants, éventuellement divorcer (un échec cela peut arriver) et se remarier (dans ce cas, on ne baisse pas les bras), avoir des petits-enfants.

Au contraire, ma vie personnelle est un éternel tour sur soi-même. Au Monopoly, ce serait comme jouer chaque partie sans faire le tour complet du plateau, c'est-à-dire sans jamais repasser par la case départ, mais en retombant incessamment sur la case prison.

Ma vie privée à moi, c'est plutôt du genre : naître, grandir, se pacser, rompre le pacs, se pacser, rompre le pacs, se pacser, rompre le pacs.

Enfin, non, c'est même carrément ça.

J'ai été pacsée trois fois. Si vous voulez vous pacser, je peux vous expliquer la procédure dans les moindres détails. Si vous envisagez un Pacs, non, si vous envisagez une union tout court, en fait, ne me consultez surtout pas. U+1F602 (Visage riant aux larmes).

À chaque PACS, vous recevez une petite mention sur l'extrait d'acte de naissance : Pacsé le (date) avec (prénoms, nom du partenaire), né le (date de naissance) à (lieu de naissance), enregistré au tribunal d'instance de (lieu du pacs).

À chaque rupture de PACS, c'est la même chose, à l'envers : PACS rompu le (date de rupture du PACS) avec (prénoms, nom de l'ex-partenaire), au tribunal d'instance de (ville).

Trois ruptures, ça donne six pavés ! Autant dire que je n'ai plus de place sur mon vieux certificat de naissance datant de mille neuf cent quatre-vingt-cinq, puisqu'à cette date on était encore au format A5 – tiens peut-être que c'est pour s'adapter qu'on est passé au A4, je ne serais donc pas la seule à avoir plusieurs observations sur mon carnet. U+1F644 (Visage roulant des yeux).

À l'inverse, si je traduisais ma vie privée en trajectoire professionnelle, cela donnerait :

Commencer des études, les arrêter, changer de filière, recommencer de nouvelles études, se replanter, rechanger de filière, re-recommencer de nouvelles études, se re-replanter, re-rechanger de filière.

Le serpent qui se mord la queue. Ma sœur a un chien comme ça, il passe sa journée à tourner sur lui-même. Bienvenue dans ma vie !

Smiley.

Trente-cinq ans dans deux jours – je vais fêter mon anniversaire en plein confinement –, célibataire, sans enfants. Alors j'écris. Parce que j'ai le temps.

Pendant que je couve ma chaise en vous racontant ma vie, et que ma sœur nous envoie, comme chaque jour, les œufs de ses poules en photo sur WhatsApp, vous vous demandez sûrement ce que Jean-Philippe nous prépare là où je l'ai laissé.

Je vais vous le dire, et sans ambages.

Jean-Philippe tente une nouvelle fois de m'entourlouper. Je dis bien « tente » car le sort se charge une nouvelle fois de m'informer de l'imminente fatalité. Ce n'est pas faute pour lui d'avoir persévéré. U+1F606 (Visage souriant aux yeux plissés).

Cette fois, en dépit de tous mes efforts, je ne lui pardonne pas. On est loin des soixante-dix-sept fois, mais bon, Dieu lui-même comprendra !

Mon petit ange Pacobien est toujours là.

C'est dans notre nouvel appartement que la scène se passe, toujours au printemps de l'année 2010. Pour résumer un peu dans le désordre les épisodes précédents, nous sommes tout juste pacsés, propriétaires de ce deux-pièces de la rue de Picpus depuis presque trois mois, Jean-Philippe a un sexe tout neuf, et j'ai son prénom tatoué sur le bras.

Je me permets d'ajouter que nous avons acheté quelques meubles dont un superbe réfrigérateur américain avec son distributeur d'eau fraîche et de glaçons. Ça, c'est juste pour me la raconter.

Pour le canapé, Jean-Philippe essaie de négocier.

— On a une chambre, on n'est plus obligés d'avoir un canapé-lit. On peut prendre un truc en simili cuir, plus design.

— Non ! Comment on fait si on veut recevoir des gens ? Nos amis ? Ma famille ?

— On peut toujours acheter un matelas gonflable.

— Non, mais, tu es vraiment un clochard. On ne va quand même pas faire dormir nos amis sur un matelas de camping !

— Alors, on en rachète un autre de canapé-lit, quitte à mettre un peu plus cher, mais un beau canapé, quoi. Il est affreux ton truc de vieux.

— Non !

— Mais pourquoi est-ce que tu tiens tant à le garder ?

C'est encore sur ce canapé que la scène qui suit se déroule.

Jean-Philippe est aux toilettes – oui, je sais, encore, mais, contrairement à ce qu'on voit dans la plupart des fictions, dans ce roman, les personnages sont comme dans la vraie vie, ils font aussi pipi et caca.

Vous vous demanderez : « mais pourquoi est-ce qu'il n'apporte pas son portable ? »

Il faut que je vous explique qu'il y a quelques années, on n'apportait pas encore son portable au petit coin. Cette manie est arrivée bien après, avec le développement des smartphones.

Hier encore, on faisait quelques pas pour aller répondre lorsque le portable sonnait.

Aujourd'hui, on répond avant qu'il ne sonne, autant de pas que Google Fit ne comptera pas.

Jean-Philippe fait caca, son téléphone est posé juste à côté de moi, il vibre une première fois.

Il y a comme une impression de « déjà vécu », n'est-ce pas ?

Je regarde le téléphone qui fait de petits soubresauts. C'est aussi tentant qu'un pot de Haagen Dazs à la vanille et à la noix de pécan. Je résiste, je ne résiste pas ?

Seconde vibration. Bon, là, cette fois, il me cherche, ce n'est pas ma faute quand même ! À moins d'un mètre de distance de moi, ce petit boîtier mystique me cherche et il va me trouver.

C'est juste de la curiosité, une qualité il paraît.

Ma bonne conscience s'interpose. Certes, la curiosité est un péché si elle consiste à s'emparer d'un objet qui ne vous appartient pas pour regarder un message qui ne vous est pas destiné.

Qu'est-ce qu'elle vient faire là, celle-là ?

J'irai me confesser demain ! Je m'empare de l'objet trépidant et mon cœur commence à palpiter. L'interdit m'excite, je suis une fureteuse à la recherche d'un indice compromettant contenu dans un message codé. Curieusement, je n'ai aucune appréhension, je ne méfie de rien, et je m'attends même à ne rien trouver, seule la situation m'amuse.

« Bonjour Jean-Philippe. J'espère que tu vas bien. Tu nous manques un peu à l'association… ».

C'est juste un message d'un certain Aymeric, probablement un de ses copains du chantier sur lequel il effectue des fouilles à titre bénévole de temps en temps.

Pourtant, quelque chose m'intrigue dans ce message. Ce n'est pas un message de mec. Ça sent grave l'arnaque. Les hommes ne mettent pas trois petits points à la fin des messages, ils sont plus secs. C'est une manière bien féminine que de mettre des points de suspension à la fin de chaque message.

Je décide de répondre un truc bateau. Je jette l'amorce :

Jean-Philippe (moi) :

« C'est vrai ? Je vous manque ? »

Aymeric :

« Tu me manques à moi, surtout… ».

Je lâche brusquement le téléphone comme s'il venait de me brûler les mains, comme s'il était sale, repoussant, répugnant. Ça me rappelle Lyon, mais cette fois, c'est du concret. Il y a une tierce personne dans l'affaire. Le poisson a mordu à l'hameçon, un abominable silure.

L'idée « c'est une fille » commence à s'insérer dans ma tête et se répand dans tout mon corps comme du venin de serpent, elle me tétanise et m'affaiblit. Je suis figée, en état de choc, les yeux gros comme ceux d'un tarsier, les sourcils froncés, je me mordille la lèvre inférieure jusqu'au sang.

J'entends le bruit de la chasse d'eau, puis le filet d'eau qui coule du robinet de la salle de bains et je profite de ce temps pour effacer tout le fil de la discussion.

Jean-Philippe reparaît dans le salon, l'air soulagé.

— Est-ce que ça va ? Tu fais une tête !

Puis il ajoute, d'un air tout content :

— Faudra racheter du papier, y'en a presque plus.

Je fais le choix du mutisme. D'une part parce que je n'ai pas de preuve concrète qu'il s'agit bien d'une personne de sexe féminin, même si tout semble converger vers cette hypothèse : les trois petits points, la réponse instantanée qui laisse penser que la personne espérait une réponse rapide et l'aveu final, d'autre part parce que nous sommes engagés bien trop loin dans notre relation. Je me dis que je n'ai pas droit à l'erreur, nous avons déjà construit beaucoup de choses et je ne veux pas m'hasarder à tout casser pour des soupçons qui sont peut-être des calomnies.

D'un autre côté, je ne peux pas prendre le risque non plus de m'engager avec un homme qui ne me respecterait pas. Certes, on peut toujours revenir en arrière, mais c'est quand même plus facile quand on le fait avant le mariage, et avant d'avoir des enfants, ce que je désire alors profondément depuis que je suis avec cet homme.

J'ai un plan.

Pour son forfait mobile, Jean-Philippe est abonné chez SFR. Moi je suis chez Orange – cette information me concernant ne sert à rien ici mais j'avais juste envie de vous le dire, et je ne veux surtout pas que vous pensiez que je fais de la pub pour SFR –. Or, il existe une option qui permet de consulter ses messages reçus, écrits et vocaux, sur le site internet de l'opérateur.

Pour y souscrire, il suffit de se connecter sur le site, et d'entrer un code reçu sur le mobile. Ses codes de connexion, je les connais, puisque c'est moi qui gère le budget, et je lui ai mis les mêmes mots de passe sur tous les sites sérieux, c'est-à-dire les sites relatifs aux charges courantes du ménage (Gaz, assurance, opérateurs télécoms notamment).

Ma seule mission consiste à m'emparer de son mobile. Je n'aurai qu'à attendre… le prochain caca.

****

— Salut, ça va ?

— Hey ! Ça fait longtemps que je n'ai pas eu de tes nouvelles, cela me fait très plaisir que tu m'appelles. Écoute, ça va bien, et toi ?

— Non, ça ne va pas fort…

Euh… ton chat est mort ? Adeline n'est pas Sarah. Adeline, c'est l'opposée de Sarah, l'anti Sarah.

Vous savez, ces gens pour qui rien ne va jamais bien ?

Pourquoi c'est ma copine ? Parce qu'elle est gentille, dynamique et extrêmement généreuse, et puis, au fond, elle est drôle à se chercher toujours des complications.

Cézanne aussi avait un sale caractère. Pissarro le savait, et pourtant il était son ami. Parce que sous ce tempérament furibond et désinvolte, se cachait un génie.

— Ah bon ?! (Je fais l'étonnée mais au fond, vous m'avez comprise.) Qu'est-ce qu'il t'arrive, ma belle ?

Adeline a cinquante ans. Je l'ai rencontrée dans un cercle littéraire dans le cinquième arrondissement parisien. C'est une femme aisée, qui gère deux grands salons de coiffure de luxe qui ont fait sa renommée. Très à la page, elle s'est spécialisée dans les balayages, une technique de coloration très tendance de nos jours.

C'est elle qui s'occupe de mes cheveux, et je dois avouer que mon « ombré hair caramel », sur un carré plongeant long, est une merveille. C'est stylé !

Adeline est une belle femme, élégante, grande et élancée. Elle a le visage ovale et les traits doux, de petits yeux légèrement orientés vers le bas qui lui donnent un air fragile, la bouche légèrement pincée et le nez droit et fin.

Grâce à quelques banales petites injections de toxine botulique, son visage est jeune et rayonnant, on lui donne facilement cinq ans de moins !

Ses cheveux noirs et son carré frangé strict lui confèrent une allure de femme d'affaires fatale, qui sait ce qu'elle veut. Un vrai look de Posh Spice !

Patronne, propriétaire d'un appartement dans le très chic septième arrondissement, mère de deux enfants dont une fille dentiste et un fils étudiant en lettres classiques, nés de deux pères différents, *cette working-girl,* au parcours professionnel exemplaire, souffre pourtant de ses difficultés relationnelles avec les hommes, et de sa solitude.

— J'ai essayé, Sabrina, de rencontrer des hommes. Je me suis inscrite sur un site de rencontres, et c'est une catastrophe.

— Que s'est-il passé ? Tu as fait une mauvaise rencontre ?

— Non, mais j'ai l'impression qu'il n'y a que des cas sociaux sur ces sites, que tous les perdus de la Terre s'y sont inscrits.

J'ai envie de lui répondre : « et donc… vu que toi aussi, tu es sur le site… ? », mais je retiens la vanne, et j'essaie de me montrer compatissante.

— Peut-être que tu te trompes. J'ai une amie d'enfance qui a rencontré sa moitié sur un site. C'était il y a cinq ans. Aujourd'hui, ils sont mariés, et ils viennent d'avoir un bébé.

En plus c'est vrai. Parfois, on embellit un peu les choses, ou on invente une jolie historiette pour consoler les copines. Je n'appelle pas cela un mensonge, mais une fable. Les fables ont un rôle pédagogique. Toutefois, si vous tenez vraiment à appeler ça un mensonge, disons que certains mensonges sont utiles pour débloquer une situation et faire avancer les choses.

Dans le cas présent, inutile de faire l'apologie du mensonge puisque la vérité suffit.

— Elle a quel âge, ta copine ?

— Elle a trente-six ans.

— Oui, mais on n'est pas de la même génération. Les hommes de mon âge…

« Oui, mais », on connaît le refrain, c'est reparti. La magie n'a aucun effet sur les personnes rationalo-réalistes. Le problème, avec les gens intrinsèquement pessimistes, c'est que tu peux perdre toute ton énergie à essayer de leur faire voir le verre à moitié plein, ils ne voient jamais que la partie vide.

— Tu vois, par exemple, il y a ce type avec lequel j'avais bien accroché, ce médecin anesthésiste dont je t'avais parlé la dernière fois, tu t'en souviens ?

— Oui, c'était en février, à notre dernière réunion du club. Nous étions réunies autour des œuvres de José Saramago.

— J’avais choisi de parler de « *l’aveuglement* », et tu nous avais parlé de son autobiographie « *Menus souvenirs* ».

— Il a eu une vie tellement exceptionnelle, une vie d’observation créative, il était pauvre de ne rien avoir et il a fini riche de mieux savoir.

— Et finalement, quelque part, c’était un oracle. S’il savait ce que nous vivons…

On bifurque, mais il faut que vous compreniez pourquoi nous sommes amies. La littérature, c’est ce qui nous rapproche. Adeline est une grande lectrice, et une douce rêveuse.

Ce qui est beau avec la lecture, c’est que chacun interprète un texte différemment, selon sa propre histoire et son vécu. Le ressenti varie également selon le contexte dans lequel nous lisons.

Récemment, lorsque j’ai relu La Nausée, de Jean-Paul Sartre, c’est surtout le rapport au temps qui a retenu mon attention, ce sentiment de vacuité, la solitude de l’âme enfermée dans un corps étroit lui-même bridé dans un univers vaste et incontrôlable. Il y a six mois, je m’étais focalisée sur le rapport à la mémoire, aux souvenirs, aux voyages qui a ce double paradoxe de former l’esprit et d’empêcher la consolidation identitaire, l’encrage stabilisateur.

Certes, c’est une grande pessimiste, mais c’est une pessimiste intéressante et inspirante, comme peuvent l’être certains artistes, peintres, écrivains ou poètes, une mélancolique, une âme touchante, une belle personne, dénuée d’orgueil et plantureuse d’amour et de compassion, une femme que l’on aurait envie de prendre dans ses bras et de bercer doucement, un volcan bouillonnant de passions, un océan d’émotions.

J’aime les gens sans filtres, qui transpirent l’humanité. Ils finissent par être soit des artistes, soit les modèles des artistes.

Dans chaque personne, il y a une richesse. *Chez certains, il faut juste fouiller un peu plus loin que d'autres.*

— Alors, ce médecin ?

— Il m'invite au restaurant. Un restaurant gastronomique, tout à fait correct…

« Tout à fait correct », chez Adeline, c'est un restaurant étoilé.

— … et nous commençons à bavarder. Tout se passe bien, je lui parle de mon ex (le papa de son fils cadet, celui avec lequel elle a passé vingt ans), de mes enfants, il me raconte sa vie. Un père de deux enfants aussi, divorcé depuis trois ans, qui aime les voyages, très cultivé. Nous parlons de l'Afrique du Nord (Adeline aime particulièrement le Maroc et l'Algérie).

Quand tout à coup, il me regarde avec de gros yeux de pervers, et il me demande si je porte… un string rouge.

J'éclate de rire.

— Un string rouge ? Pourquoi, rouge ?

— Ben, je ne sais pas. Je ne comprends pas, Sabi, on parlait bien, c'était sérieux, et c'est tombé comme ça, d'un coup, sans prévenir.

— Mince. Et tu as répondu quoi ?

— Ben, on en était au dessert. Alors, j'ai dit : je crois qu'on va arrêter là et il était tout étonné, il m'a demandé, d'un air hagard « j'ai dit quelque chose qui ne va pas ? ».

— C'est fou ça, les hommes, il leur manque un truc dans la tête. Ils ne comprennent vraiment pas…

— Oui, alors tu vois, Sabi, j'en ai marre. Je ne sais plus quoi faire. Tu rencontres un homme, il a l'air bien, présentable, tu échanges quelques mails, tu prends rendez-vous, et tu t'aperçois qu'il avait bien caché son jeu, parce qu'en un éclair, il te jette sa tare en plein visage. C'est comme s'il m'avait craché dessus.

Un gros mollard, en effet.

J'avais l'intention de lui parler de mon ex-revenant, mais je décide de m'en abstenir. Quand une amie vous appelle parce qu'elle est malheureuse, on ne lui jette pas son bonheur en pleine face. J'attendrai encore un peu.

— Sinon, tu fais quoi ce soir ?

— Rien. En plus, je suis toute seule et je déprime depuis que Sylvain est parti.

Sylvain, c'est son dernier en date, un homme jaloux, dépendant, affectif et bipolaire, adepte du chantage affectif. Comme elle. « Qui se ressemble s'assemble » comme on dit, mais on dit aussi que « les contraires s'attirent ». U+1F914 (Visage en pleine réflexion). Enfin bref, on dit bien ce qu'on veut dire. Un jour, j'écrirai un truc sur eux deux aussi, c'est folklo !

— Oui, enfin, c'est quand même mieux comme cela, non ?

— Il me manque. Il est fou, mais il me manque. Au moins quand il était là, il y avait de la vie.

— Enfin, bon, il a quand même mis le feu à ta voiture.

— Oui, c'est vrai !

— Et tu as tailladé ses chemises au cutter.

— Oui, c'est vrai !

— C'est le confinement qui te fait déprimer. Bientôt ce sera terminé, tu reprendras ton travail au salon et on se fera un super apéro en parlant sur les hommes.

— Avec du champagne et des gâteaux !

— Des tartes aux fraises de chez Lenôtre.

— Ou un flan pâtissier à la vanille de Madagascar de chez Carl Marletti.

— Humm…

— Depuis le confinement, j'ai pris du poids.

— Ne m’en parle pas !

J’esquisse un sourire qu’elle ne voit pas mais qu’elle reçoit certainement. Mon amie a toujours ce ton triste au téléphone, mais je sais qu’elle va déjà beaucoup mieux, et, à l’autre bout de la ligne, je l’entends sourire aussi.

David

Les hommes et les femmes ne se comprennent pas. Les femmes pensent que les hommes sont limités : ils ne voient qu'en dessous de leur ceinture ; tandis que les hommes pensent que les femmes sont hystériques : elles ne savent pas ce qu'elles veulent.

Seul le sexe semble résoudre ce paradoxe autrement irréconciliable. Pendant l'acte sexuel, l'homme se montre attentionné, prêt à tout faire, à tout dire, pour satisfaire les moindres désirs de sa partenaire. Un homme peut dire « je t'aime » quand il fait l'amour, il va le penser sincèrement, à partir de l'instant où il le dit, la femme qui s'est donnée sans retenue mérite alors tout son amour et peut même devenir un objet d'adoration.

Cette dernière, en revanche, ne se donne que lorsqu'elle se sent aimée, méritée, belle et désirée, ce qui peut s'avérer problématique au début d'une relation car elle aura tendance à « tester » son partenaire, qui devra alors franchir tout un tas d'obstacles, participer à des épreuves tout aussi chevaleresques les unes que les autres, comme un preux chevalier à l'armure blanche. Alors, si et seulement si elle se sent méritée, elle se montrera calme et docile, câline et féline, l'homme la méritera.

Seulement le sexe ne dure qu'un temps, et il faut ensuite de nouveau affronter ce paradoxe.

À ce propos, j'ai beaucoup aimé le livre « les hommes viennent de mars et les femmes de Vénus », de John Gray, ainsi que le spectacle donné par l'humoriste Paul Dewandre.

À ces contradictions intrinsèques au genre, s'ajoute le jeu perpétuel du chat et de la souris, qui ne dépend en aucun cas du sexe. Il vaut mieux être le chat.

Pour un homme, une femme qui se donne rapidement est une occasion à ne pas manquer, car la lutte fatigue et les chances de succès après la bataille ne sont pas souvent garanties.

Je me classe spontanément dans la catégorie des « occasions » à ne pas manquer. Comme les chats, quand on sait m'intéresser, je me laisse facilement caresser. Séduite, je suis une femme d'apparence facile. Ce qui ne veut pas dire que je suis une souris. Je suis juste le chat attrapé par la souris, souris qui ne se rend pas compte qu'elle a un chat entre les pattes. Attraper n'est pas garder. Vous me suivez ?

La principale qualité du chat, c'est qu'il retombe toujours sur ses pattes.

Cela fait maintenant quatre mois que je vis avec Jean-Philippe. La nature de notre relation a changé depuis ses dernières frasques et nous vivons comme deux colocataires, échangeant ponctuellement quelques laconismes, ne parlant plus que de l'organisation de notre vie quotidienne.

Je ne peux pas vraiment mettre de mots sur ce que je ressens. Je ne saurais dire si c'est de la tristesse, de l'amertume, du dégoût, de la colère, de la haine, ou un peu de tout cela mélangé.

La vie me semble fade et sans avenir. Nous ne dormons plus ensemble, il ne m'attire plus. Lui que je trouvais si beau, je le vois désormais comme un cachalot affalé à longueur de journée sur mon canapé-vie. Il ne voulait plus du canapé, il est presque devenu le canapé !

La cohabitation est un enfer, non pas parce que nous guerroyons (au contraire, nos relations restent cordiales, respectueuses et franches), mais parce qu'il nous faut affronter notre échec, le regarder en face chaque jour. Je me sens alors aussi coupable que lui. Coupable de n'avoir pas su être celle qu'il aurait voulu que je sois.

Jean-Philippe fait des efforts pourtant. Il sait qu'il est allé trop loin et il s'efforce d'être ce chevalier serviable et servant dont toute femme rêve. Il fait des blagues dont il est le seul à rire et il tente d'attirer mon attention avec des poses ténébreuses, en faisant battre ses longs cils noirs qui m'ont tellement plu par le passé.

Seulement voilà, Jean-Philippe a fauté, et il n'est plus à mes yeux l'incarnation du copain idéal (vous vous souvenez, mes fameux trois « S »). Il a fait sauter le verrou de la porte de mon S-Sécurité.

Je me retrouve dans une situation bizarre, avec cet homme dont je ne peux pas supporter la trahison, alors même qu'il est en train de devenir l'homme que je lui ai toujours demandé d'être, amoureux, tendre, attentif et attentionné.

Ma patience a-t-elle une date de péremption ?

J'ai perdu patience, perdu confiance, perdu espoir, perdu la foi. Je ne ressens plus rien, pas même de la pitié.

Il n'est plus pour moi que cet orang-outan affalé sur mon canapé. Son canapé-lit. Mon canapé-vie.

Pour m'évader, sortir de cette prison lugubre, je vais courir, faire du sport. Je me suis inscrite dans une salle de sport toute nouvelle, située avenue du Docteur Netter, à dix minutes à pied de chez moi.

Habituellement, je m'entraîne vers vingt heures, après ma journée de travail, pendant un peu plus d'une heure, puis je rentre chez moi aux alentours de vingt-deux heures, après m'être douchée à la salle.

Tous les soirs, sans exception, Jean-Philippe m'attend pour dîner, la table est mise et il me sert un repas qu'il a cuisiné lui-même, nous dînons ensemble, face à face, échangeant quelques mondanités.

« Tu as passé une bonne journée ? Oh, oui, oui, ça va, et toi ? Oui, oui ». Et on se raconte nos deux journées, les mêmes récits que ceux de la veille à quelques nuances près. Rien de fou-fou. On meuble.

Un soir, pourtant, je casse la routine. Ce soir-là, je ne rentre pas à la maison.

Le voile sombre de la nuit est déjà tombé en cette soirée d'automne et les terrasses des cafés de la place Félix Éboué grouillent de vie et de lumière. J'ai mis du temps à me motiver pour aller à la salle de sport. C'est toujours un peu compliqué de se motiver le vendredi soir, quand on a déjà une semaine de travail sur le dos.

Mais voilà, je ne supporte plus de voir Jean-Philippe tourner autour de moi en me demandant toutes les cinq minutes si je veux une tisane, un déca, un jus d'orange ou un soda, sur un ton mielleux.

— Est-ce que tu veux qu'on se fasse un truc, ce soir ?

— Non, j'ai besoin de faire du sport.

Je sors ce prétexte pour me débiner, parce que je n'ai pas envie d'aller boire un verre avec lui. Pour quoi faire ? Pour reparler de ce qu'il s'est, ou ne s'est pas passé, pour faire comme si de rien n'était et parler du beau temps qu'il fera demain ? À quoi bon ?

Il est tard et je ne suis pas en forme, alors, pour échapper à ce tête-à-tête, je me force, je me pousse au cul comme on dit.

« La difficulté n'est pas l'escalier, c'est la première marche » : une devise de sportif !

Mon sac de sport n'est pas prêt. La salle ferme à vingt-trois heures et il est déjà vingt et une heures quarante. Je dois me dépêcher si je veux avoir le temps de faire une séance digne de ce nom.

« Le seul entraînement est celui que tu ne fais pas » : une autre devise de sportif !

Dans la précipitation, j'oublie ma serviette.

Je pousse la lourde porte d'entrée, je badge et je franchis le tourniquet mécanique. Mon entrée fracassante interrompt la discussion des deux mecs à l'accueil.

Je lance un « bonsoir » et un petit sourire amusé, peut-être légèrement provocateur.

Ils sont tous les deux plutôt jeunes – entre trente et trente-cinq ans, je dirais (les sportifs ont toujours le visage un peu plus marqué, l'effort de longues heures d'entraînement sans doute), ils sont très musclés, des gars de salle de sport, quoi. L'un d'entre eux, qui semble être le plus âgé, a une carrure de culturiste, avec des muscles protubérants. Il a les cheveux noirs, sourcils fournis et barbe naissante. Comme il est assez directif avec le personnel, pense que c'est lui, le gérant de la salle.

Le deuxième, le coach de la salle, est un peu plus grand et un peu moins large. Il a les cheveux blonds, coupés courts, avec de grands yeux d'un bleu aussi transparent que les eaux des lacs du Vergon. Corps très musclé, muscle sec, fin, dessiné. Il est à croquer.

Je n'avais, jusque-là, jamais remarqué que le blondinet avait autant de charme. Cupidon vient de me frapper, je ressens pour lui une soudaine attirance « de ouf ».

Peut-être que le fait de ne pas avoir eu de rapport sexuel depuis deux mois me rend plus réceptive, peut-être que j'ai tout simplement tourné la page de ma relation actuelle, aussi, que je me sens plus libre d'esprit et donc, de corps. Une femme amoureuse est, dans tous les sens du terme, impénétrable.

Rappelez-vous ce que je vous disais plus haut : « les hommes ne laissent pas passer une opportunité qui s'offre à eux », et mon petit sourire de l'entrée est déjà monté très haut dans la tête du beau sportif, c'est-à-dire… qu'il est descendu très bas, sous sa ceinture.

Quelques minutes plus tard me voici dans ma tenue deux-pièces legging et brassière rose, prête pour une petite séance d'abdos-fessiers.

« No pain, no gain » : encore une devise de sportif !

Déjà que j'étais peu motivée au départ, j'ai l'attention détournée par le fauve qui s'est approché de moi l'air de rien. Il tourne autour de ma cage comme un rôdeur, prétextant une causerie avec un client pour lequel il semble trouver un intérêt soudain, un client, qui, comme par hasard, se trouve à proximité immédiate de ma machine à squats.

J'essaie de me concentrer mais je ne peux plus. Nos regards se croisent et nos traits nous trahissent, nous échangeons malgré nous de grands sourires timides, nos corps semblent se parler sans que nos esprits n'aient été au préalable consultés.

Cela fait tellement longtemps que je n'ai pas ressenti cette alchimie, cette danse aérienne et légère des phéromones que l'air transporte entre deux êtres impuissants et succombant, cette délicieuse tentation contre laquelle on fait mine de lutter pour mieux savourer l'instant de l'abandon final.

Je dois ou je ne dois pas, c'est la question qui me taraude. J'y vais ou je n'y vais pas, c'est la question qu'il se pose.

Assez de mascarades, il est presque certain à cette heure que nous finirons la soirée ensemble.

Il se décide, s'élance avec vaillance, tel un guerrier celte. Les premiers mots sont toujours délicats. On ne sait jamais vraiment quoi dire. La drague, c'est comme un château de cartes, difficile à construire, facile à faire tomber, le moindre mot de travers peut faire s'écrouler tout le plan comme un jeu de dominos.

— Ça va, tu t'en sors, ou tu as besoin de conseils pour ton entraînement ?

Bon, c'est un bon début. Je conçois qu'il n'est pas facile de trouver la phrase d'introduction. Ça change des phrases toutes faites « salut, ça va, moi c'est Marcel, tu t'entraînes souvent ici ? » auxquelles tu as juste envie de répondre : « non je suis là par hasard, connard ! ».

— Justement, je réponds, j'ai un peu mal au dos, je pense que ce doit être ma position, est-ce que tu peux m'aider à corriger ma posture ?

Je vous arrête, ce n'est pas une phrase de bimbo faisant une moue à la Betty Boop. Au moment où je dis ça, je souffre vraiment de douleurs en bas du dos, la douleur s'est intensifiée depuis que je fais davantage d'exercices à charge guidée.

— Tu prends la pilule ?

Quelle question saugrenue ! Mais pourquoi les mecs sont cons ?

— Pardon ?

Mon air ahuri le met comme face à un miroir déformant de lui-même. Conscient du caractère déplacé, inconvenant et totalement hors de propos de sa question, il bégaie, se trouble, perd ses moyens.

Stoppée nette dans mon élan, je pose la barre sur la cage, et je reste pantoise.

Il ne se décourage pas pour autant, il tente de sortir de la vase dans laquelle il commence à s'embourber.

— Attends, je vais t'expliquer… C'est que… euh… j'ai un ami kinésithérapeute, et, en parlant une fois des problèmes de dos d'une cliente, il m'a dit que ce n'était pas forcément le sport, il m'a parlé d'autres causes possibles chez les femmes, et notamment d'une étude récente qui montrait un lien causal entre pilule et mal de dos…

J'ai envie de rire. C'est tellement pataud et maladroit que je suis charmée. Il est vraiment mignon, ce type, troublant. Sans le savoir, il vient de me tuer à la bataille navale. F4. Touchée, coulée !

Je suis tout émoustillée. Il pense qu'il vient de faire une grosse bourde, il a la tête baissée, l'air gêné, il n'ose plus me regarder dans les yeux, ses beaux yeux bleu lagon. Il est vraiment trop choupinou. On dirait Guizmo. U+1F917 (Visage qui fait un câlin).

J'ai envie de l'embrasser, ça m'a même carrément excitée. Je passe sous la barre de squat et je le rejoins. Je vois son corps trembloter, je sais à ce moment-là que cela va être puissant.

Nous nous plaisons, c'est sûr, mais il est encore plus vrai que nous ressentons ce truc, cette pulsation ingouvernable qui annonce des ébats intenses et fusionnels.

Les paroles de Phèdre me viennent alors à l'esprit pour décrire cette bouleversante sensation :

« *Je le vis je rougis, je pâlis à sa vue*
Un trouble s'éleva de mon âme éperdue

Mes yeux ne voyaient plus, je ne pouvais parler,
Je sentis tout mon corps et transir et brûler ».

Bref, j'ai envie de lui. Je suis en transe. C'est moi qui pense en dessous de la ceinture maintenant !

— Je m'appelle Sabrina, lui dis-je. Enchantée de te connaître, coach.

Je lui lance un regard voluptueux.

À partir de là, il comprend qu'il n'est pas perdu. Il plonge ses yeux cristallins dans les miens.

— Je sais, je me suis permis de regarder ta fiche dans le fichier client. Moi, c'est David.

Un élément perturbateur se mêle à ce décor onirique. Son associé déambule brusquement dans l'espace musculation et hurle un « On va fermer ! Tout le monde aux vestiaires ! ». Cette intrusion sonne le glas de notre scénario. Non, s'il vous plaît, pas maintenant, pas ça !

— J'ai envie de toi.

Je sors ça comme ça vient, c'est plus fort que moi. Bien, pas bien, je m'en fiche, je ne pense à rien d'autre qu'à faire l'amour avec ce Dieu du stade qui ressemble à l'Apollon de Dossi.

Cette déclaration le déconcerte un peu.

— Maintenant ?

— Oui, ici, maintenant, là, tout de suite.

Je le répète : un homme ne laisse pas passer sa chance.

— On fait comment, du coup ? je lui demande.

Voilà, c'est mon idée, mais c'est lui qui est responsable. Un homme sait devenir intelligent, inventif et créatif, quand il s'agit de sexe.

Dans le mille ! Il a une illumination :

— Tu n'as pas peur du noir ?

— Euh… non.

— Alors, voilà ce qu'on va faire, tu vas dans la cabine de douche, j'éteins, je dis à mon boss qu'il n'y a plus personne dans la salle de cours collectifs et dans le vestiaire filles, et que j'y vais. Je claque la porte et je me planque. Il va fermer et activer l'alarme, mais j'ai les clefs. Je ne connais pas le code de l'alarme, mais on aura une demi-heure avant qu'elle ne s'active. On fait ça ?

— OK ! Je suis partante.

Tout excitée à l'idée de m'envoyer en l'air dans une salle de fitness après la fermeture avec un coach au physique sculpté, je me tapis nue, dans la cabine de douche, et j'attends.

J'espère qu'il ne tardera pas trop, ça caille quand même. Si je ne souffre pas d'achluophobie, je suis un peu claustrophobe quand même, mais je ne l'ai pas dit par fierté. Prends sur toi Sabrina, prends sur toi, ça vaut le coup, là !

La scène qui va suivre pourrait heurter la sensibilité du lecteur, si c'est le cas, n'hésitez pas à sauter quelques pages. U+1F607 (Visage souriant avec auréole).

Toutes lumières éteintes, je l'entends qui m'appelle :

— Tu es où ?

— Première cabine.

— OK. J'attends un peu avant de rallumer.

Je sens son corps chaud se coller contre le mien. Ses mains me caressent des hanches vers le cou, puis du cou vers les hanches. Il m'embrasse et je m'embrase. L'orage de la passion nous foudroie tellement puissamment qu'il nous sépare d'un mètre. David recule brusquement, comme frappé par un « kame hame ha ».

— Wôw !

Je distingue les contours de sa silhouette dans la pénombre, il sautille comme un kangourou, la tête entre les mains. L'attirance physique, les jeux de séduction, je connais, mais cette sensation foudroyante est assez déroutante.

David revient, se jette sur moi, me soulève contre le mur et, de sa force herculéenne *(j'en rajoute peut-être un tout petit peu)*, me prend dans cette position, mes jambes autour de sa taille (pour les adeptes du Kâmasûtra, c'est la position de l'Homme debout). Nous entrons alors dans une danse endiablée.

Il jouit en moi avec force. J'ai aimé ça, mais je ne jouis pas. Dans la vraie vie, quand une fille baise avec quelqu'un qu'elle ne connaît pas, ou plutôt qui ne la connaît pas, elle ne jouit pas forcément du premier coup. Ça arrive, mais pas tout le temps ! Qu'on se le dise.

Pour qu'une femme prenne son plaisir, il lui faut une stimulation clitoridienne, ce que la majorité des hommes sur Terre continuent d'ignorer, mais il ne suffit pas de savoir que le clitoris existe, encore faut-il connaître la mécanique propre à chacune. Et toc !

Ce n'est pas pour dénigrer les qualités de mon amant, mais la scène que nous avons vécue ensemble, bien qu'excitante sur le plan pornographique n'est pas un moment de partage. Nous avons fait l'amour avec rage pour combler un manque, obéissant à une force pulsionnelle transcendante qui nous ordonnait justement de combler ce manque.

Je m'attends à ce qu'il me demande si j'ai aimé car c'est ainsi que cela se passe la plupart du temps. Le garçon veut savoir « s'il a été bon ». Or, David sait que je n'ai pas joui donc, il ne pose pas la question.

Au sortir de la douche, je tremble de froid. David prend sa serviette – si vous avez bien suivi, j'ai oublié la mienne – et il m'entoure de ses gros bras rassurants en me frottant le dos et les bras avec. Je me laisse faire. Il m'embrasse tendrement dans le cou. Je lui rends sa serviette déjà complètement mouillée, flattée de ce geste révérencieux.

Il met la lumière. Je me regarde dans le grand miroir rectangulaire au-dessus des lavabos. J'ai les cheveux en vrac, la peau d'une pâleur à faire peur, les joues noires du maquillage qui a coulé.

— Tu es belle, il me dit.

— Sérieux ? Tu me trouves belle comme ça ? On dirait un clown en porcelaine.

Il rit.

— Tu es belle. Quand je t'ai vue pour la première fois, je me suis dit waouh, elle ressemble à une poupée. Tes grands yeux, tes pommettes saillantes, ta bouche pulpeuse et ton corps… hum. Regarde, tu me fais encore bander.

Il s'approche et plaque son corps encore brûlant derrière le mien. Je me cambre et rejette la tête en arrière. Il promène sa grosse main duvetée sur mon ventre. Je serre son avant-bras massif et dur pour le conduire jusqu'à […].

Quelques personnes sensibles m'ayant suggéré de « sauter » cette scène (désolée pour les gourmands), je laisse le soin à tous les lecteurs de se faire leur propre idée de ce qui a suivi, selon leur propre seuil de tolérance.

Pour résumer, dans l'épisode censuré, les deux protagonistes ont à deux reprises, un rapport charnel.

Cette fois, je jouis, et David me demande si c'était bon.

Passons sur un registre un peu plus romantique, qui devrait mettre tous les lecteurs d'accord.

Après notre deuxième douche, nous n'avons plus de serviette sèche pour nous essuyer, et David a l'idée d'aller en piquer une dans la vitrine de l'entrée. Il nous reste dix minutes avant que l'alarme ne se déclenche, nous avons juste le temps de nous rhabiller. Je me dis, non sans une certaine nostalgie, que notre moment ensemble va bientôt prendre fin et j'essaie de chasser mes appréhensions, vaticinatrice malgré moi, je fomente ma parade à la tempête conjugale qui va suivre mon « go-back-home ».

Au pire, je pourrai toujours dire que je suis allée « boire un verre » avec une fille avec laquelle j'aurais sympathisé. Ce n'est pas comme s'il n'avait jamais menti, lui. Un mensonge pour dix mensonges, il gagne encore au change, non ? Mais, pourquoi me culpabiliserais-je, alors que lui jamais ? Non, c'est injuste. Pense à ton beau sportif blond, pense à ton beau sportif…

Quelle heure est-il ? Un peu moins de vingt-trois heures ? Ça va, ça reste crédible.

Je passe la tête sous le sèche-cheveux.

De loin, malgré le bruit de l'appareil, je l'entends fulminer contre lui-même.

— Ce n'est pas vrai, mais quel con, mais quel con !

Puis, il déboule comme une furie dans le vestiaire, affolé :

— Bon, on a un problème.

— Quoi ?

— Tu vas rire… ou pas.

Il évite mon regard, il se pince les lèvres.

— Mon boss est parti avec la clef de la vitrine.

— Et… ?

Qu'est-ce que ça peut me faire si on n'a pas de serviette ? Il en faut vraiment peu pour paniquer un homme.

— Les clefs de la salle sont dans la vitrine.

Silence.

Grand silence.

Silence extrême.

Je me fige, comme si j'avais été subitement frappée par le regard de Méduse.

— Tu peux répéter ?

— On n'a pas le choix, il va falloir appeler mon boss.

— On est vraiment dans la merde…

Résumons : il va forcément perdre son job, ma réputation est foutue, et pour peu que l'alarme sonne, nous allons voir débarquer les flics et devoir tout leur expliquer.

Tout… va… bien !

Je le regarde, comme si j'attendais qu'il trouve une solution parce que moi, là, je bugge complet. Il semble réfléchir, il se gratte la tête : c'est un signe qu'il va trouver une solution, non ? Seigneur, dites-moi que c'est ça !

Il s'assied sur le banc, le coude droit posé sur le genou gauche, le poing sous le menton, adoptant exactement la même posture que le penseur de Rodin, mais il ne sort rien de constructif de ses méditations. La sculpture, c'est beau mais ce n'est pas avec ça que l'on construit une arche !

J'émets une suggestion :

— On peut essayer d'ouvrir la vitrine.

— Comment ?

— J'ai des épingles à chignon dans ma trousse de toilette.

— Super ! Bonne idée.

Voilà notre paon à poils (vous noterez le jeu de mots), accroupi devant la vitrine – une vitrine d'environ un mètre soixante de hauteur (ma taille) sur quarante à cinquante centimètres de large et un peu plus de profondeur – qui essaie de débloquer la serrure avec une épingle à cheveux.

Je vous laisse imaginer ce que pourrait donner cette scène sur la musique du générique de MacGyver. Je me tiens debout derrière lui, en pantalon et soutien-gorge, attendant un miracle. Évidemment, rien ne se passe. Même l'épingle se casse en deux.

— Bon, ça ne marche pas. On n'a pas le choix, on va appeler mon boss. J'ai merdé, je vais assumer.

Je ne réponds pas.

— Et merde !

— Quoi, encore ?

— J'ai laissé mon portable dans la vitrine !

— C'est une blague ? Pourquoi as-tu mis tes affaires dans la vitrine ?

— On bouge pas mal dans la salle, du coup toutes les affaires qui craignent – clefs de voiture, clefs de la salle, téléphone, clefs d'appartement – je les mets dans la vitrine. Étant donné qu'habituellement je pars toujours avant mon boss…

— D'accord. En gros, tu es en train de me dire que nous sommes enfermés dans une salle de gym avec une alarme sur le point de sonner, à regarder comme des cons, à travers une vitre, les éléments qui pourraient nous en faire sortir.

— Non, on peut utiliser ton portable.

— Je n'ai pas mon téléphone. Je ne le prends pas pour venir à la salle pour ne pas perturber mes entraînements.

— Putain… Du coup, oui, tu as bien résumé la situation.

La sirène retentit brusquement. Le son de l'alarme, de plus en plus aigu et strident, est si insupportable qu'il nous pousse à nous boucher les oreilles.

— Tu n'as pas le code ?

— Non, il l'a changé, il devait me le donner mais je ne l'ai pas noté.

— Merde !

Vacarme infernal. Le bruit nous explose les tympans.

— On n'a plus qu'à attendre les flics, quoi !

— Non, ça ne marche pas comme ça…

— Comment cela ?

— On n'a pas choisi cette option…

— C'est-à-dire ?

— L'alarme est juste installée à titre dissuasif. Aucun centre n'est averti, seul le destinataire du message est prévenu.

— Le destinataire ? C'est-à-dire ?

— Moi.

La bonne blague !

— Merde, merde, merde et archi merde !

Puis, d'un seul coup, l'alarme s'arrête net, ne nous laissant que des acouphènes.

La pression retombée, nous nous regardons, puis nous éclatons de rire. Il n'y aura pas de police au moins. David est toujours nu. À cet instant, nous réalisons que nous allons devoir passer le restant de la nuit dans la salle.

David s'approche de moi, me prend dans ses bras et dépose un doux baiser sur mon front. Notre relation prend un autre tournant en ce moment complice.

Je jette un coup d'œil convoiteux sur le distributeur de boissons.

— Tu as soif ?

— Oui, très. Je prendrais bien un coca. J'ai de l'argent dans le vestiaire. Je ne te demande pas de m'inviter, j'imagine que ton portefeuille est aussi derrière la vitrine. Tu veux un truc, toi ?

— Un Fanta, ça m'ira très bien. Je vais mettre mon jogging, je commence à avoir un peu froid.

Assis par terre, le dos contre un banc de musculation, mon amant tient sa canette d'une main et me masse le cou de l'autre. Les jambes allongées sur un tapis de sol, la tête entre ses cuisses, je me laisse câliner, docile. Sa lourde main est comme un gant de velours sur ma nuque, je ronronne comme une chatte.

David se montre plus doux, et aussi plus volubile, il se confie sur lui, sur sa vie, il me dit qu'il est originaire de Senlis, nous parlons de Joséphine, cette artiste peintre schizophrène, au destin tragique, dont les œuvres mystiques me fascinent. Il me parle aussi de sa fille, âgée de trois ans, de sa douloureuse séparation et des difficultés qu'il rencontre encore avec son ex-compagne qui ne lui a jamais pardonné une infidélité (je sens que ces sujets l'intéressent un peu plus que ma Joséphine). Il prétend qu'il se sentait seul, qu'elle était distante, qu'il était perdu, qu'elle était absente. Au fond… qu'importe, qu'importe le fond de l'histoire ! Plus rien n'a d'importance. Plus rien n'existe autour de nous. Nous sommes deux êtres seuls au monde, cloîtrés mais libres de toute contrainte.

— Tu vis seule ?

— Non. Je vis en couple.

Je lui raconte mon histoire chaotique avec Jean-Philippe, nos déboires, cette ultime trahison que je n'ai pas pu lui pardonner.

— Quand tu lui as annoncé que tu le savais, comment est-ce qu'il a réagi ?

— J'ai beaucoup attendu avant de lui dire. J'ai d'abord réuni les preuves, c'est-à-dire les mails, les messages vocaux. Ils étaient pour la plupart très explicites, sans équivoque, mais je voulais monter un dossier, j'étais comme un juge essayant de réunir le maximum de pièces à conviction pour faire tomber un verdict sans appel. J'ai attendu le moment le plus humiliant pour dévoiler mon jeu.

— C'est-à-dire ? Quel moment ?

— Jean-Philippe devait subir une méniscectomie en ambulatoire à la Clinique du Trocadéro, et je devais le récupérer à l'hôpital le soir même. C'est à ce moment-là que je lui ai annoncé que je savais pour Lisa.

— Il a essayé de se défendre ?

— Même pas. J'étais furieuse. Il est monté dans la voiture et je l'ai assailli de reproches, de réprimandes, d'insultes. Je lui disais que ce n'était plus possible. J'étais tellement enragée que je ne regardais plus la route. Je n'ai pas vu cette voiture qui s'était engagée dans le rond-point. Jean-Philippe a hurlé « attention » et, sous le coup de la colère, j'ai confondu la pédale de frein avec celle de l'accélérateur. Nous avons percuté une Toyota Yaris de plein fouet. La portière était enfoncée jusqu'au siège conducteur. S'il y avait eu un passager, il serait probablement mort à l'heure qu'il est. Dans notre malheur, nous avons eu de la chance.

— Tu as eu des problèmes ?

— Non. Nous sommes sortis du véhicule, c'était la voiture de Jean-Philippe que je conduisais. Une Audi A3. La conductrice de la Toyota était furieuse, elle venait de récupérer son véhicule au garage, après une réparation due à un accident non responsable. C'était la deuxième fois de suite qu'on lui défonçait sa caisse. Elle n'a pas cherché à comprendre et elle s'en est tout de suite prise à Jean-Philippe, malgré son bandage et ses béquilles. Elle pensait que c'était lui le conducteur, elle lui hurlait dessus, elle le sermonnait « *mais comment pouvez-vous prendre le volant dans cet état ? Vous êtes fou, inconscient* ». Je lui ai dit « *tu prends sur toi et tu la fermes* », et il a signé le constat. Il a perdu son bonus et il a dû se faire assurer à SOS MALUS.

— C'était mérité.

— Ouais.

David tire ma tête vers l'arrière et dépose une dizaine d'autres baisers sur mon front. Je me retourne et je m'apprête à baisser son pantalon, mais il me repousse doucement pour saisir mon visage entre ses mains et m'embrasser tendrement, avec douceur. Je me courbe avec sensualité pour accueillir ses gestes tendres. Je m'abandonne tout entière, corps et âme sous son étreinte. Nous faisons l'amour très sensuellement, comme sur un nuage d'ouate, et nos sens s'élèvent comme un air d'opéra, pour finir en timbales dans une jouissance partagée et intense.

— Tu sais, je viens de te faire l'amour comme si tu étais ma meuf.

Nous nous endormons ainsi, nus, dans les bras l'un de l'autre, apaisés et heureux.

La nuit est une douce parenthèse que le jour vient tourner comme la page d'un roman d'été.

Le calme avant la tempête.

— Waaye ou wànte qu'est-ce kan se passe ici ? Qu'est-ce que dangeen faites ?

Une grosse dame sénégalaise nous réveille en gesticulant et en hurlant des mots en wolof.

Phénomène bien étrange, nous ne réagissons pas tout de suite. Nous restons bloqués comme des imbéciles, nus sur le sol, à essayer de comprendre ce qui nous arrive.

La femme de ménage s'agite dans tous les sens. David se redresse et tente une explication, dit qu'il travaille ici et que nous avons été enfermés malgré nous par un patron négligent.

— Cela n'explique pas lutax dangeen êtes nus.

Effectivement, ça, c'est difficile à expliquer. On pourra toujours dire qu'il faisait froid dans le gymnase, qu'on a voulu se réchauffer, mais bon, passons.

Je me précipite dans le vestiaire pour récupérer mes affaires. David me suit.

— C'était bien cette nuit.

Je lui souris. Même le matin au réveil, la tête dans le derche, je le trouve beau.

— C'est clair ! Quelle nuit de folie, et jusqu'au bout ! Cela n'arrivera pas une deuxième fois dans notre vie, ça, c'est sûr.

— Donc… c'est fini ?

Je fais mine d'ignorer sa question, de ne pas savoir où il veut en venir. Il est déjà six heures et Jean-Philippe n'a pas eu de nouvelles de toute la nuit. Je pense à lui, à notre couple, ou du moins à ce qu'il en reste. Quel imbroglio !

J'ai conscience que mon incartade nocturne risque bien de porter le coup fatal à notre relation. C'est peut-être ce que je recherche au fond, un bon prétexte pour mettre un terme à cette relation cul-de-sac.

Cette nuit, c'est une page que j'ai tournée, celle du livre de mes espoirs déçus, de mes rêves avortés. David a été une pièce de mon puzzle comme il est apparu sur quelques pages de ce roman, une possibilité parmi d'autres, une possibilité que je n'ai jamais, à aucun moment, envisagée. Les mauvaises langues parleront d'une relation tampon ou d'une relation mouchoir. On ne peut pas vraiment dire cela. Je n'ai rien essuyé du tout, si ce n'est le sperme sur mes cuisses.

D'ailleurs, je ne lui ai rien promis. J'aimerais le prendre dans mes bras une dernière fois, lui dire que je vais le recontacter, que nous nous reverrons après tout cela, mais je lui mentirais, cela ne serait que pure hypocrisie.

Cet homme est pour moi une preuve formelle que l'avenir peut être écrit différemment.

Ma vie ne s'arrête pas à Jean-Philippe.

« *Le destin de ceux qui pensent au futur est d'abandonner le passé et de renoncer au présent* »[12].

Il faut aller de l'avant. Bon, l'éminent écrivain qui a dit cela s'est suicidé, mais c'est quand même ma maxime. Il est temps pour moi de renoncer au présent.

Je dépose un dernier baiser furtif sur le coin de la bouche de mon futur ex-amant avant de m'éclipser à jamais, comme Cendrillon, mais sans laisser de chaussure, seulement quelques cheveux dans la douche.

****

Tristan : « Hey, salut miss, comment va ? Regarde la blague que je viens de recevoir :

« Hier, j'étais au bar et il y a un gars qui est entré avec un fusil à la main et a demandé : *« qui a couché avec ma femme ici ?* ».

Un gars au fond lui répond : « *Tu vas manquer de munitions* ! ».

Vous : « Ptdr. »

Tristan : « U+1F923 » (Se rouler par terre de rire)

Tristan, c'est mon ami gay.

Si tu es une fille moderne, très « open-minded », il te faut un ami gay !

Il est loufoque, original. De petite taille, très maigre, le visage angulaire, toujours habillé à la dernière mode, avec des fringues ultra-chic – chemise à motifs près du corps et petit carré Hermès. Je le compare souvent, pour l'enquiquiner, au peintre Achille Emperaire portraituré par Cézanne.

---

[12] Yasunari Kawabata, Prix Nobel japonais

Ce qui me fascine par-dessus tout, c'est son rire, très aigu, unique, décalé. Il rit comme une hyène. C'est un rire très communicatif.

Surtout, il ne parle que de cul, il me fait d'ailleurs partager toutes ses aventures, je reçois sur mon portable des photos de ses conquêtes hyper bien gaulées, torses tablettes de chocolat, et sexes de TBM (*TBM comme… non, je ne vais pas vous expliquer*).

Les messages de Tristan sont des pochettes surprises : la blague, ou la bite, ça dépend de l'arrivage.

Les mecs inscrits sur les sites de rencontres entre hommes n'ont rien à voir avec les mecs que l'on trouve sur les sites hétéros.

D'un côté, les beaux mecs musclés et épilés ; de l'autre, les petits joufflus poilus.

Une fois, je me suis créé un compte sur un site gay, juste pour mater. J'ai renoncé, c'était trop frustrant de ne pas pouvoir aller plus loin. À présent, je compte sur les messages de Tristan pour égayer mes journées.

Le hic, c'est que ça peut tomber n'importe quand. Par exemple, tu es en train d'acheter du pain et… dring, une bite !

Tristan, c'est le seul mec qui, le jour de son entretien d'embauche, s'est pointé en couple.

Le recruteur a reçu un CV, convoqué une personne, et il a vu arriver deux types tordant du cul, qui ont pris place devant lui comme si c'était normal. C'était pour un poste de téléprospecteur téléphonique. Le recruteur a mené l'entretien avec le plus de naturel possible, et il a fini par les embaucher tous les deux. Le culot, ça paie !

Je n'aime pas les gens qui veulent à tout prix faire rentrer leur vie dans un cadre. Moi, je ne rentre même pas le pied dedans.

Avec Tristan, on a une complicité exceptionnelle. Quand on sort ensemble, on s'en souvient… ou on ne s'en souvient pas.

C'est fou ce que mes amis me manquent depuis ce confinement.

Tristan : « (photo) »

Tiens, blague ou bite ?

****

Je vous épargne les procédures administratives et financières qui ont suivi la rupture, ces longues semaines passées à remplir des papiers de tous les côtés.

Règle n⁰ 20 du Manuel d'Epictète : « *Rappelle-toi : ce qui est outrage, ce n'est pas celui qui insulte ou celui qui frappe, mais l'évaluation qui prononce que ces hommes t'outragent. Quand donc quelqu'un t'a provoqué, sache que c'est ton propre jugement qui t'a provoqué. Aussi, avant toute chose, essaie de ne pas être captivé par la représentation ; car une fois que tu auras obtenu temps et délai, tu seras plus facilement maître de toi* ».

La patience est un art.

Il est plus facile d'accepter une situation compliquée quand on a de l'argent.

Après quelques mois de galère, j'ai pu obtenir un prêt à la banque pour racheter la soulte de mon appartement (ce rachat de prêt dont je vous ai parlé tout au début de l'histoire), et maman a mis au bout. Comme dans « La Bonne Paye », j'ai actionné la carte « *en cas de besoin* ».

Me voilà seule propriétaire de mon appartement de la rue de Picpus. Certes, je suis très endettée, mes charges mensuelles sont élevées, mon budget est serré, mais quelle jeune personne vivant à Paris ne connaît pas cette situation ?

Il faut voir le bon côté des choses : je suis propriétaire d'un appartement parisien et dans trente ans exactement, c'est-à-dire à l'âge de soixante-cinq ans, je ne paierai plus de loyer.

Pour payer la fameuse soulte, la part due à mon ex-conjoint, j'ai dû vendre quelques meubles, et, pour payer d'autres frais, ma voiture. Mon salon est vide, je n'ai plus de canapé.

Sans réfléchir, j'ai vendu mon canapé-vie. Pour gagner un peu d'argent et pour vider ma charge émotionnelle. Trop de souvenirs. Eh bien oui, je le regrette aujourd'hui !

Il me reste en tout et pour tout : un lit, un fauteuil, deux bibliothèques. Mes livres sont comme mes organes : à ne céder qu'en dernier ressort, mais vraiment… en dernier ressort, quoique je ne suis pas certaine qu'à choisir, je ne vendrais pas un de mes reins avant. Bien sûr, j'en dis n'importe quoi.

Rien à voir, mais mes seins m'ont coûté super cher. Je les ai fait refaire il y a douze ans, une augmentation mammaire qui m'a coûté cinq mille euros, et ce n'est pas terminé. Il paraît qu'il faut les changer tous les dix ans. Je vois mon chirurgien chaque année pour une visite de contrôle, et, comme une voiture qui doit passer le contrôle technique à chaque fois, je flippe. Si le CT n'est pas OK, je vais devoir payer à nouveau la réparation. Entre la coloration pour dissimuler mes premiers cheveux blancs, les injections de botox quand je peux me le permettre, et cette opération qu'il va bien falloir reprogrammer, à trente-cinq ans, mon corps est un véritable chantier, une deuxième ou troisième main. Je me demande d'ailleurs si on fait des assurances pour ça, parce que je crois que je coûte déjà plus cher que tous mes biens mobiliers réunis.

J'ai toujours eu un rapport compliqué avec mon image. Comment vivre en paix avec soi-même dans une société qui voue un culte à la superficialité ? J'essaie de m'en extraire, de vivre pour moi, en m'éloignant des méandres des réseaux sociaux qui poussent l'idéalisation de l'autre à son paroxysme et provoquent une perte de sens pour les individus, enfin c'est ce que pense. Je suis suffisamment chtarbée comme ça, pas besoin d'en rajouter. Smiley.

Apprendre à s'aimer tels que nous sommes devrait être le grand défi de nos sociétés modernes.

Si vous avez la solution, écrivez un livre de développement personnel, c'est à la mode.

« *Celui qui s'aime avec assez d'intensité transforme tout ce qu'il y a autour de lui en richesse* », [13]vous vous souvenez ?

Parfois, je rame, mais je rame !

Revenons-en à l'histoire et reprenons la liste de mes qualités, j'ai des dispositions de naissance favorables, je n'ai pas complètement la tête sous l'eau. En passant, je me demande comment font ceux dont les parents n'ont pas d'argent, ils ne vivent pas dans la capitale, ça, c'est sûr. Je me demande bien où ils peuvent vivre, du coup. U+1F914 (Visage en pleine réflexion).

Je ne vais pas tarder à le savoir…

Maman est généreuse, mais comme elle le dit souvent elle n'est pas « qu'un porte-monnaie ».

Sa générosité n'est pas sans contrepartie. C'est la différence entre altruisme et don. Le don appelle-t-il le contre-don ? Sujet de Philo l'année de mon Bac. Ah oui, pas d'épreuves de bac cette année. C'est con.

---

[13] Nathalie Sarraute, *Tu ne t'aimes pas*.

Le revers de la médaille, c'est que je dois lui rembourser l'argent qu'elle a versé au notaire et que je lui rembourse… en nature.

Non, non, ce n'est pas ce que vous croyez ! C'est pire…

Ses largesses ont un prix. En échange de sa prodigalité, je dois « donner mon temps ». Dans ma tête, cela sonne comme un TIG.

J'ai donc rendez-vous avec elle, pour un déjeuner. C'est très formaliste les entretiens mère-fille chez les riches. Il y a tout un cadre, ça se programme, ça se prépare à l'avance, on met ça sur l'agenda.

La table ronde nappée, joliment dressée sous le grand lustre à cristaux du salon entre la grande bibliothèque pleine de manuscrits anciens et la cheminée d'époque mais je ne peux pas vous dire de quelle époque, invite aux badinages mondains.

De la place où je suis assise, face à la véranda, j'ai une vue splendide sur le jardin fleuri. On devient romantique quand on est parisienne. Le charme champêtre, comme on dit.

Ces grands espaces m'apaisent. Ici, je me sens un peu comme à la campagne, une véritable petite ferme en ville, avec deux vraies poules dans le jardin.

Ça sent le poisson. Crumble de cabillaud au lait de coco. Les effluves me titillent les narines. J'ai faim, d'autant plus que je ne mange que des macédoines de légumes toute la semaine. Bon, ça vient ?

Pour patienter, je me sers un verre de Chablis. Maman arrive avec le pain.

— Tu ne m'attends pas pour trinquer ?

— C'est prêt dans combien de temps ?

Nous portons un toast à mon titre de propriété, et, il faut bien le dire, un peu à ma séparation aussi, dont je serais plus à faire le deuil mais dans nos familles de riches, tout est occasion de boire du champagne. Pour maman, c'est une occasion de plus bien réelle : elle détestait Jean-Philippe.

Après avoir répondu à quelques questions sur mon travail, sur mes amis, sur mes activités – je ne suis pas dupe, et je vois bien qu'elle essaie de m'orienter vers un sujet hautement plus important –, elle se décide à dévoiler son plan machiavélique :

— Tu sais, j'ai beaucoup donné pour t'aider. J'ai vidé toute mon épargne pour te faire ce prêt. Deux cent cinquante mille euros, ce n'est pas rien.

— Je sais, maman, et je ne te remercierai jamais assez. C'est un prêt familial, mais c'est un prêt, il est prévu que je te le rembourse mensuellement, comme un loyer, je le ferai. Pour les frais de notaire, je te les rendrai, mais je ne peux pas le faire tout de suite.

— Vous les gosses de riches, vous ne vous rendez compte de rien.

Maman n'est pas née avec une cuiller d'argent dans la bouche, et, toute mon enfance, je n'ai cessé de l'entendre dire « *de notre temps, nous n'avions pas tout ce que vous avez* » ou « *à Noël, avec une orange et des chaussons, nous étions contents, vous, vous n'êtes satisfaits de rien* » ou encore « *tu ne te rends pas compte de la valeur de l'argent, tu ne sais pas ce que c'est que d'avoir faim* ». On connaît le refrain.

— Nous quand on était mômes, on n'avait pas tout ce que vous avez, les jeunes d'aujourd'hui. Tu crois que ma mère m'aurait prêté ne serait-ce que deux cents euros ?

Voilà, qu'est-ce que je vous disais ? Est-ce qu'on va avoir droit aux oranges ?

— Non, ma fille, c'est trop facile. Il faut que tu te rendes compte de la chance que tu as, que l'argent, pour quatre-vingts pour cent des gens, ça se mérite.

— Je ne comprends pas où tu veux en venir ?

— Tu vas travailler.

— Je travaille déjà.

— Tu vas vraiment travailler.

Elle insiste sur le mot « vraiment ».

C'est quoi travailler vraiment ? Chaque matin, je me lève, je prends le métro, trajet pendant lequel je me prépare psychologiquement à travailler avec un chef souffrant de trouble bipolaire non traité médicalement mais ayant fait l'objet d'un diagnostic approfondi de la part de ses salariés, à rattraper ses bourdes commises auprès de clients importants. J'ai une équipe à gérer, des responsabilités. En face de moi, des gens importants attendent des solutions pertinentes pour résoudre des problèmes complexes qui, s'ils sont mal gérés, peuvent aller jusqu'à mettre en péril leur organisation avec toutes les conséquences économiques et sociales qu'il peut y avoir derrière. Bon, OK, j'en rajoute un peu.

C'est quoi, pour elle, travailler ? Obéir mécaniquement à des ordres, comme un automate, et rentrer chez soi à dix-sept heures le soir pour regarder une connerie à la télé ?

Je prends des décisions à travers un prisme complexe d'interactions économiques, sociales et sociétales, et ça, c'est du taf, qui plus est du taf qu'une machine ne peut pas faire.

— Ton cabillaud est excellent.

— Ne change pas de sujet.

— J'ai le droit de dire que ton cabillaud est excellent ?

— Je le dirai à mon poissonnier.

— On mange quoi en dessert ?

Maman revient avec un énorme entremets aux fraises de chez Laurent Duchêne. Je me lèche les babines – *je parle beaucoup de gâteaux, c'est en train de devenir obsessionnel en confinement.*

Parce qu'il ne peut y avoir de pâtisserie sans champagne, nous ouvrons une autre bouteille de champagne, un Lanson rosé.

— Tu vas prendre tes congés fin août/début septembre cette année.

— Pardon ?

— Mon frère, ton oncle Jean, a besoin de toi.

— Au Domaine ? Tu veux que j'aille couper des raisins ?

— On dit : faire les vendanges.

— C'est où déjà ?

— À Marsannay-la-Côte.

— Marsa… quoi ?

Je ne connais pas vraiment l'oncle Jean. Je ne l'ai rencontré qu'une seule fois. C'était en Alsace, à Colmar, au mariage de ma cousine Laura. Un mariage bourgeois. Laura a épousé un avocat renommé en droit des affaires. Une bonne pioche, il paraît.

Jean était venu brut de décoffrage, hirsute, vêtu d'un jean et d'une chemise bleue. Maman avait souligné qu'il avait « fait un effort ». Je m'étais demandé comment il pouvait être en temps normal, sans « effort ». En plus de son allure de péquenaud, il parlait vite et on ne comprenait rien à ce qu'il disait.

C'était lui qui avait fourni les bouteilles de vin, blanc, rouge et rosé. Il y avait du vin en abondance. Il paraît qu'il ne leur avait presque rien demandé pour cela.

— Je lui ai dit que tu viendrais les faire tous les ans, sur dix à douze jours, pendant trois ans. Tu auras un contrat de travail et tu me verseras l'argent.

— C'est illégal.

— De quoi ?

— On n'a pas le droit de travailler pendant ses congés.

— Tu peux cumuler. Le contrat vendanges est un dispositif dérogatoire.

— …

Bon, à partir de là, tu prends conscience que tu n'as pas le choix. Après tout, l'argent ne peut pas toujours tomber du ciel. Je vais vivre chez mon oncle, en campagne bourguignonne, nourrie, logée, blanchie, avec un traitement de faveur, sûrement, allez, il y a pire !

Il y a une légère nuance entre « proposer » et « imposer » quelque chose. Je décide de prendre la seule possibilité qui s'offre à moi : « accepter », et je commence à en parler autour de moi comme s'il s'agissait de ma propre décision éclairée.

Finalement, cette perspective d'une « parenthèse dans les vignes » est assez séduisante. C'est, dans mon imaginaire naïf, comme lire un bon roman d'été.

Grégory

Mercredi 24 août 2011, 9 h 10, Gare de Bercy

Ce matin, j'ai pris la ligne six de Bel Air jusqu'à Bercy. J'ai dû traîner ma grosse valise lourde d'un contenu de douze jours de vêtements, onguents et produits de soin, chaussures et survêtements imperméables. On m'a dit de ne pas prendre de « vêtements qui craignent » qu'on allait se salir beaucoup. J'ai donc laissé mes jeans Diesel et j'ai sélectionné quatre vieux Cimarron que je ne mettais plus, des t-shirts un peu passés, des pull-overs Armor Lux et des gilets en laine et cachemire dans lesquels je pourrais me lover à la lueur d'un feu de cheminée les soirs de grand froid, à la manière d'une fille March.

Comme nous allons probablement avoir les pieds dans la terre, j'ai également prévu deux paires de chaussures de marche dont une montante, une paire de baskets pour mon jogging du matin (la perspective de courir dans les vignes m'enchante, nature et liberté), sans oublier une paire d'escarpins blancs au cas où je rencontrerais des jeunes qui me proposeraient de sortir le soir. Il est prévu que je trime non-stop pendant ces douze jours, sans jour de repos. Le repos dominical n'existe pas dans les vignes, la terre se travaille tous les jours. Il faudra bien se distraire un peu dans tout ça.

Je commence demain, vendredi 25 août, c'est pourquoi je prends le train ce matin, mon arrivée anticipée me permettra de me familiariser un peu avec mon nouvel espace, de faire connaissance avec mon hôte qui est tout de même aussi mon oncle.

C'est maman qui a réservé les billets. Habituée au TGV, je voyage, pour la première fois de ma vie, en TER.

Je n'avais jamais mis les pieds gare de Bercy auparavant. J'ai dû me taper au moins trente marches d'escalier parce que l'escalator était en panne. Pourquoi les escalators sont-ils toujours à l'arrêt quand tu es en galère, pourquoi toutes ces petites tracasseries arrivent-elles systématiquement au moment le plus chiant ? Quand je pense à toutes les fois où j'ai pu prendre tranquillement les escaliers mécaniques alors que je n'avais ni sac ni valise…

Le train part à 9 h 21, j'ai donc exactement 11 minutes pour trouver ma voie. C'est facile, la gare est toute petite : il n'y a qu'un seul quai. Je lève la tête sur le grand écran d'affichage à gauche. Ils ne sont pas encore passés au digital. Le train pour Dijon Ville part voie J.

Dijon Ville. C'est là que l'oncle Jean va venir me chercher. Apparemment, il n'y a pas de gare à Marsannay. La gare de train la plus proche se trouve à 4,5 kilomètres à Gevrey-Chambertin, mais la gare de Dijon, la mieux desservie, est située à 7 kilomètres.

Dans ce train qui semble dater de l'âge de pierre, vieux fauteuils bleu moquette, les gens ne sont pas placés. Tu t'assieds absolument où tu veux.

Pendant cette période de fin de vacances, le train est blindé et je me retrouve assise dans un carré, entourée de gens bizarres au comportement désinvolte, avec lesquels je vais devoir passer trois heures de ma vie. Merci, maman !

J'essaie de me mettre en confort, je commence à installer ma bouteille d'eau, mon numéro d'un hors-série du magazine Le Point, sur le sage Lao-Tseu, père fondateur du Taoïsme, vous savez ce courant philosophique chinois qui prône la recherche d'une harmonie avec soi-même et avec la nature. Si, si, je vais lire ça, mais pas pendant trois heures. Dans la bibliothèque familiale, j'ai pioché *La symphonie pastorale* d'André Gide, un livre que j'ai déjà lu deux fois et dont je ne me lasse pas.

La lecture est un refuge pour mes sens quand la réalité, souvent, déçoit. La découverte du monde tel qu'il est peut être violente quand on a passé sa vie à rêver. La réalité déçoit quand on idéalise trop. La jeune Agnès en mourra, elle pour qui croire était plus beau que voir. La vue, son tombeau.

Je vais essayer de mettre l'histoire dans le contexte « année 2021 ».

Imaginez une « date ». Vous discutez sur Adopte, ou sur Tinder peu importe, avec une fille, ou un mec selon votre sexe, ou plutôt excusez-moi, selon votre préférence, bref on s'en fout, donc vous discutez avec ce mec, ou cette fille au physique très attrayant, qui fait des phrases, de vraies phrases (c'est rare, vous admettrez), qui plus est sans trop de fautes d'orthographe, et qui semble d'une élocution savante et intéressante. Quelqu'un de beau, et d'intelligent. Waouh ! Vous échangez pendant des jours voire des semaines (en plus, cette personne est patiente, et elle aime prendre le temps de connaître son interlocuteur). Au fil des jours, ou des semaines, ou des mois si vous êtes très patient, votre cœur bat la chamade à chaque appel, vous commencez à en pincer pour lui ou pour elle.

Vous décidez de la rencontrer, vous vous donnez rendez-vous dans un bar, et là, cette personne est végane, ne boit pas d'alcool (ce qui est tout à fait bien, je ne juge pas), mais surtout elle se lance toutes les deux heures dans une séance de méditation, téléguidée par une appli par l'intermédiaire de laquelle une espèce de guru spirituel semble ne lui laisser aucun répit. Le mec – ou la fille – vous abandonne pendant le repas, pour faire une sieste et vous vous retrouvez à dîner au restaurant avec un beau syrien qui dort. Alors pendant ce temps, vous vous consolez sur votre verre de vin (parce que vous, vous avez pris de la viande et du vin). Le serveur vous considère avec pitié, et les regards des autres convives se tournent fréquemment dans votre direction, accompagnés de chuchotements moqueurs.

Je vous jure que cela m'est arrivé, véridique !

La désillusion dont je parle plus haut, c'est ça. On s'imagine un truc, on se fait des films et la réalité est chaotique. C'est plus clair, n'est-ce pas ? U+1F636 (Visage sans bouche).

Ajoutez une bouteille d'Hépar, une petite cape plaid pour contrer la clim, et je m'apprête à passer un voyage avec un confort minimal, à condition de réussir à faire abstraction de ce qui m'entoure puisque je vais devoir voyager avec des gens sans-gêne, grossiers et bruyants qui font craquer leurs chips sous leurs dents, les mâchent bouche ouverte, font du bruit en froissant le paquet, parlent à voix haute et rient comme des chèvres, toussent sans mettre leur main sur la bouche, et se mouchent dans leurs aisselles.

VDM.

« Dijon Ville, Dijon Ville. Mesdames, messieurs, le train arrive en gare de Dijon Ville, son terminus. Nous prions tous les voyageurs de bien vouloir descendre de ce train ».

« Libérée, Délivréeee ». À l'époque, la chanson n'existait pas, mais quand même, c'est ça !

Je descends les marches qui mènent au tunnel et je me dirige vers la sortie qui mène au hall de gare. J'emprunte les escalators (à Dijon, ils fonctionnent mais personne ne les prend), et je sors côté cour de la Gare, pour rejoindre le parking extérieur où l'oncle Jean m'a donné rendez-vous.

Le dos calé contre sa grosse Mercedes grise, il fume une gitane.

— Bonjour, Sabrina.

— Bonjour, tonton.

— Alors, prête pour ces vendanges ?

— Ça ne me fait pas peur. J'ai le temps de m'en griller une ?

— Vas-y, je vais au Tabac m'acheter des clopes.

J'observe de dos l'oncle Jean. Il porte un jean noir avec une grosse ceinture, des espèces de santiags et une chemise à carreaux rouges. On dirait un cow-boy. Avec son physique svelte et musclé, malgré sa coiffure négligée et sa barbe noire mal rasée, je le trouve plutôt pas mal pour son âge.

Pendant le trajet, je lui donne des nouvelles de maman, je lui parle de notre vie depuis le départ de papa – chirurgien orthopédiste, il s'est barré avec sa secrétaire, sans se retourner, ça arrive –, de mon parcours, de mes projets, tout en admirant le paysage vallonné, les plaines, les routes désertes aux abords arborés, les vignes qui s'étendent à perte de vue.

La voiture s'arrête devant une très grosse ferme.

— Attends-moi un instant.

Une petite vielle bossue vêtue d'un tablier de cuisine s'avance vers lui et lui tend deux gros sacs remplis de légumes en échange de quelque chose.

C'est donc comme cela qu'on fait ses courses ici. On est encore à l'âge de pierre, à l'ère du troc !

Il salue un gars, qui descend d'un tracteur. Le type porte un béret et a une clope au bec qu'il ne lâche pas.

— Hey, salut Dédé !

Il parle avec sa clope.

— Salut Jeannot ! Faudra passer boire l'apéro, hein ?

Cela fait cinq minutes que nous sommes arrivés à Marsannay-la-Côte, et c'est la première fois sur un millier de fois en douze jours que j'entends ce mot « apéro ». C'est le mot le plus utilisé en territoire bourguignon, mais au moins, c'est un terme universel, que tout le monde comprend, contrairement à d'autres originalités et subtilités linguistiques que je ne vais pas tarder à découvrir.

L'oncle Jean vit dans une maison de maître datant de la fin du dix-neuvième siècle, au cœur du village viticole de Marsannay-la-Côte. Dans l'entrée, un bel escalier en pierre dessert l'étage où se trouvent trois belles chambres, une grande salle de bain à deux vasques marbrée du sol au plafond, et un grand bureau ministre dans une pièce pour lui seul.

Madame Jeannot est notaire, membre du conseil municipal de Marsannay, et présidente de trois associations locales, c'est pourquoi elle a besoin de ce grand bureau.

Le salon-séjour est de type traditionnel, avec un plafond à la française, une cheminée ancienne et des tomettes. Le mobilier, en chêne massif, semble avoir été fait sur mesure tant il s'intègre à la perfection dans ce décor imposant et chaleureux. Des peintures, représentations de scènes de chasse et natures mortes, fruits et légumes surtout. Il y a bien une dizaine de tableaux, réalistes et enténébrés. Au-dessus de la cheminée trônent trois sculptures de chérubins et une horloge de cheminée en bronze doré représentant la déesse Diane.

Le style est sympa, ça sent à la fois le luxe et la campagne, le luxe à la campagne. J'aime bien !

Jeannot me laisse déposer mes affaires dans une chambre de style vintage, composée d'un lit king size avec deux tables de chevet à tiroirs, d'une commode quatre tiroirs avec un grand miroir au cadre doré, d'une imposante armoire à clefs, le tout en bois orné.

Un très beau lino gris clair semble avoir été posé récemment sur le sol, car il ne présente aucune marque d'usure.

Je range méticuleusement mes affaires dans la commode, quand l'oncle Jean m'interpelle du bas de l'escalier pour me proposer de faire le « tour du vignoble ».

Il fait un temps chaud et sec, les sons de la nature ne sont pas couverts par le vacarme de la ville, je découvre un univers paisible et reposant, un air de campagne absolument ressourçant.

Comme il est agréable de respirer l'air pur de la nature, d'entendre le chant des cigales et des oiseaux des champs ! Je me réjouis d'avance à l'idée que demain soir j'irai courir dans ce paysage mirifique.

La balade m'apaise autant qu'elle éveille mes sens, je m'émerveille de tout, d'un papillon, d'une abeille, d'une fleur épanouie en corolle, de la pureté du rouge des coquelicots et même des petites marguerites, ornement floral du tapis de sol formé par les herbes sauvages.

L'ouïe et la vue sont en exaltation devant cette beauté non ternie par les constructions artificielles.

À notre retour, l'odorat est sollicité avec la même intensité. Ô faune et flore, merveilles de la nature luxuriante qui investissez aussi nos marmites aux exhalaisons ragoûtantes !

De la cuisine s'échappent les puissants arômes du bœuf bourguignon qui mijote sous le regard attentif de Lucienne, la maîtresse de Maison.

Lulu est une petite femme très blonde à l'allure dynamique, au visage tailladé de rides qui lui donnent un air austère mais sûr. J'aime ces visages datés, qui portent les empreintes d'une vie riche d'expériences et de labeur.

Ici, on ne s'encombre pas avec des questions existentielles et superficielles. Chacun s'adonne à ses tâches avec entrain et méticulosité, pour le bien-être commun. La vie est organisée et orchestrée sur un rythme linéaire, d'une grande stabilité.

Les gens d'ici ont aussi des problèmes, comme partout, mais ils gèrent les évènements comme ils viennent, ils ne s'attardent pas sur des choses futiles. La vie, ça se vit, c'est tout et c'est déjà bien assez.

Nous dînons dans la grande salle à manger, sur une belle et grande table en chêne massif, tellement grande pour quatre couverts que nous sommes loin les uns des autres.

J'avale mon plat goulûment, sans en laisser la moindre miette, je sauce mon assiette et du coup je me gave de pain. De pain et de vin aussi. Le régime n'est pas pour ce soir. Tout est délicieux, du jambon persillé de l'entrée à la délicieuse tarte aux pommes de Lucienne.

À la fin du repas, je suis plus que repue, sensation bizarre du ventre bien rempli qui s'est fait du bien en mangeant et qui a chaud en digérant.

J'imagine toujours que je pourrai faire mon jogging le lendemain en fin de journée, pour profiter de l'air pur.

— C'était vraiment excellent ! Mais heureusement que je vais courir demain.

Mes hôtes semblent s'amuser de la légèreté avec laquelle je prends l'ampleur de la tâche qui m'attend, surtout Jeannot qui me lance un :

— Attends demain, on en reparlera !

J'ai hâte !

Demain, nous nous lèverons à cinq heures et demie. Il faudra accueillir les premiers vendangeurs, faire signer les contrats, distribuer les tâches de chacun. Les plus costauds seront porteurs ou chargeront les caisses, les autres, comme moi, seront coupeurs.

7 h. Le rassemblement a lieu dans une annexe, à deux pas de la maison, proche d'un tout petit vignoble qui appartient au Domaine.

La rosée est fraîche ce matin. Je me suis habillée chaudement compte tenu des annonces météorologiques plutôt défavorables. On annonce un ciel nuageux et quelques averses.

Louise m'a prêté des bottes en plastique, plus appropriées selon elle, je préfère me fier à ses conseils avisés qu'à mes instincts naïfs, bien souvent fallacieux.

Sur le trottoir, un groupe d'une quinzaine de personnes, composé d'hommes en majorité, attend, capuche, sac à dos et clope au bec, pour s'enregistrer.

On est loin de la parité, avec trois femmes seulement, une grande dame brune très maigre et sa fille de dix-sept ans, cheveux rouges et air rebelle, ainsi qu'une grosse dame toute folâtre, la cinquantaine, qui déconne avec deux jeunes dans un accent portugais.

Certains vendangeurs se connaissent, ce sont des habitués qui viennent depuis plusieurs années.

Dans ce groupe très hétéroclite, on trouve des travailleurs saisonniers, vagabonds qui arpentent les campagnes pour gagner leur pain, des travailleurs pauvres, chefs de famille ou solitaires qui ont besoin d'un complément de revenu pour « joindre les deux bouts », et, moins nombreux, des salariés d'entreprises publiques ou privées, comme moi, qui viennent pour le plaisir du travail de la terre ou pour retrouver l'esprit des vendanges, les copains.

OK, oui c'est vrai, à la base je viens un peu par obligation.

Le Domaine ne propose ni gîte ni couvert. Les vendangeurs viennent, pour la plupart, des environs, en bus ou à pied selon la distance. Pendant cette période, des cars de ramassage sont prévus pour véhiculer la main d'œuvre.

Jeannot annonce les postes. Les hommes les plus forts sont volontaires pour porter la lourde hotte dans laquelle les coupeurs déverseront les raisins, parce que les porteurs ont droit à un petit bonus à la clef.

Le salaire n'est pas fameux, les coupeurs sont payés au SMIC horaire, c'est-à-dire neuf euros brut de l'heure, sur des journées de sept heures, en théorie.

C'est plus presque trois fois moins que mon salaire habituel.

Je me sens, d'une certaine façon, comme un travailleur bénévole, puisque mon petit pécule va juste transiter sur mon compte bancaire, pour tomber directement dans la poche de ma mère.

Pendant l'enregistrement, je fais connaissance avec la maman et sa fille. Renée et Alicia vivent dans un quartier H.L.M. dans la banlieue de Chenôve et elles semblent étonnées que je ne connaisse pas.

« Comment ? Tu ne connais pas Chenôve ? ».

Ahurie, Alicia me demande d'où je viens pour ne même pas connaître cette commune de la périphérie dijonnaise de treize mille habitants.

— Je suis de la capitale, je lui réponds « De Paname. »

Elle ne cache pas sa surprise.

— Wouaille, c'te veine ! Paname, c'est quel quartier de Paris ?

— …

Après la distribution des gants, des sécateurs et des hottes, les nouvelles recrues écoutent distraitement les instructions (heure de rassemblement, heures et durées des pauses, respect du matériel). La plupart les connaissent par cœur, et leurs bavardages intempestifs m'empêchent de suivre avec attention. Je n'ai rien capté du tout, on verra bien.

Mon tonton-patron annonce le départ.

Nous nous répartissons dans les trois vieilles camionnettes blanches stationnées le long du trottoir.

Les portes arrière se referment et je me retrouve dans un noir complet, sans air et sans ouverture, assise sur de vulgaires planches de bois, saucissonnée entre deux types que je ne connais pas. Mieux vaut ne pas être phobique du noir. Pendant le trajet, nous sommes ballottés de gauche à droite et nous tombons les uns sur les autres. Certains s'accrochent à l'étagère au-dessus de nos têtes, retenant au passage les outils pour éviter qu'ils ne nous tombent dessus. Ma petite taille ne me permet pas de les imiter mais je suis retenue entre deux grands mecs qui s'accrochent. J'ai l'impression d'être un travailleur de la mine qui descend au fond d'un trou dans un cuffat.

À peine avons-nous mis les pieds à terre qu'il se met à pleuvoir. J'entre dans ma rangée et je commence à faire mes premières coupes.

Nous sommes espacés de deux mètres dans les rangs de vignes, et il faut suivre la cadence. Jeannot n'a de cesse de crier « allez, plus vite, on s'active ». Il ne lui manque plus qu'un fouet. Alicia me devance, et j'ai derrière moi un vieux monsieur au visage décharné qui avance beaucoup moins vite que nous. J'augmente la cadence pour me rapprocher d'elle.

— Il galère le vieux, il va nous ralentir.

Elle soupire :

— Y'a personne qui ralentit personne ici, y a qu'à aller plus vite. C'qu'on va faire : toi tu l'effeuilles, et moi dès que j'ai fini j'vais l'aider.

— OK !

Honteuse de ma remarque individualiste, je redouble d'efforts pour accélérer, malgré mon imper qui dégouline de pluie et mes bottes qui s'alourdissent avec le poids de la gadoue.

Je prends plaisir à faire ce taf. Être si proche du pied, toucher les feuilles, arracher l'ivraie (c'est-à-dire jeter le verjus, le raisin impropre). Un grand esprit de solidarité intergénérationnel se met en place. Les plus jeunes et les actifs, que Jeannot a pris soin de mettre à l'avant, traversent le rang à contresens pour venir en aide aux plus âgés et aux plus faibles, le plus naturellement du monde.

Nous coupons sans arrêt et une fois notre panier plein, nous hélons, comme à la criée :

— Porteur !

Des « porteurs » résonnent dans chaque rangée.

Dans la rangée de devant, le porteur a le visage de Johnny tatoué sur l'épaule droite. Il chante à tue-tête et amuse toute la galerie.

Trois rangées plus loin, la grosse dame portugaise est tout émoustillée d'avoir un beau porteur musclé, qu'elle hèle par un « Hey, Rambo » en roulant le « r » avec insistance.

Quant à notre porteur, Gilles, c'est un homme au bidou bien rempli, très paternel avec les jeunes, qui débite des blagues crados à gogo.

Dans les vignes, « y'a de la vie » comme il dit.

Neuf heures. La clochette sonne. C'est l'heure du casse-croûte.

J'ai pris un bon petit-déjeuner au réveil, mais, compte tenu de l'intensité de l'effort physique, j'ai déjà faim.

Alors que j'essaie de retirer la boue sur mes bottes pour m'alléger, un grand brun s'approche de moi :

— P'tain t'as vu, on commence fort le premier jour, on est tous gaugés !

— On est tout… quoi ?

— Gaugés ! Tripés quoi !

Je comprendrai plus tard qu'à Marsannay, « gaugé » ou « tripé » veut dire « mouillé ».

— T'as pas une clope ?

Je lui donne une cigarette et nous discutons un peu. Il s'appelle Marco, il a trente et un ans et il vit dans un van. C'est un vrai travailleur saisonnier. Son visage émacié et cerné témoigne d'un lourd passé, qu'il essaie certainement d'oublier en s'évadant avec la drogue qu'il avoue consommer quotidiennement, du crack surtout, moins cher à ce qu'il dit. C'est un mec gentil.

— Le problème, avec ce truc-là (*le crack*), gamine, c'est qu'au bout d'un moment t'as plus l'effet alors faut augmenter les doses, c'est sans fin ! Au bout d'un moment, j'arrête, je fais une petite détox (*désintoxe*), pis bien sûr, tu vois, les problèmes de tunes, la solitude, la promiscuité, tout ça, ben tu recommences. On tourne un peu en rond mais c'est la vie, voilà.

Il parle, il parle, il se confie facilement, avec légèreté, et c'est certainement grâce à cette dérision qu'il survit. Il accepte, il ne se lamente pas, il en parle simplement comme on parle de sa journée d'hier ou du jour d'avant. Parler, ça fait du bien.

« *Mais il n'est pas moins terrible que le malheur muet* »[14].

[14] Dostioevski, *Les frères Karamazov*.

On me propose du saucisson, et du vin, que je refuse poliment. À cette heure de la matinée, je préfère me contenter d'un morceau de pain avec une barre de chocolat noir, et d'un café.

Les cubis se vident rapidement. Gilles en est déjà à son troisième verre. Autour de lui, les gens forment comme un halo pour entendre ses sketches. Il est d'un charisme impressionnant. Il aurait fait un bon, un excellent manager si la vie avait été différente pour lui, c'est certain. Sa fille et ses deux fils, tous trois âgés de vingt à trente ans, travaillent ici aussi mais le week-end seulement. Je ne sais pas ce qu'elles font la semaine, les travailleurs saisonniers cumulent souvent deux voire trois emplois.

Cette famille de gitans sédentarisés vit dans un logement social aux Bourroches, un quartier un peu sensible de Dijon, un appartement qu'ils partagent à cinq.

Deux jeunes hommes chargent les caisses remplies par les porteurs dans un camion. L'un deux me jette un regard goguenard qui me tétanise. Il a de bonnes grosses joues roses qui tombent légèrement, ses yeux sont petits, gris et pénétrants. Je crois que je rougis.

Nous remontons dans les camions pour rejoindre un autre vignoble. Parce qu'ils ont travaillé dans la même rangée, ou parce que l'alcool les a désinhibés, les gens se parlent et plaisantent entre eux avec une familiarité grandissante.

À l'heure du déjeuner, nous rejoignons la cuisine. Un seul micro-ondes pour vingt personnes, mieux vaut avoir apporté des plats froids. Avec mon tupéroire rempli des restes du bœuf bourguignon de la veille, je suis obligée de poireauter un peu ; manger un plat en sauce froid ne me fait pas rêver.

Mon tonton-patron nous apporter des baguettes de pain chaud, puis nous abandonne en nous souhaitant bon appétit :

— Au rassemblement à 13 h 30, et je veux voir tout le monde à l'heure, on n'attendra pas !

Un algérien à la voix éraillée répond :

— OK, boss !

Treize heures. Alicia, Marco et moi sommes tous trois allongés comme des knackis le long la route. Le soleil a pointé son nez et nous lézardons, casquettes sur le museau.

Que c'est bon d'être étendus ainsi, à même le bitume, sans penser à rien, attentifs au bruit des oiseaux, aux rires de nos compagnons de labeur, aux murmures de nos estomacs en pleine digestion !

Marco me demande :

— Tu viens d'où ?

Cette fois, j'essaie d'être plus claire.

— De Paris. Tu sais, la tour Eiffel.

— Merci, j'suis pas débile ! Tu taffes dans quoi ?

— Je suis consultante.

— Ah ouais, ça consiste en quoi exactement ?

— On me consulte, pour des conseils en développement.

— Ouais, je connaissais une fille, une esthéticienne, elle faisait ça aussi, elle donnait des conseils en maquillage.

— Oui, voilà.

Je souris. Marco aussi, découvrant ses dents irrégulières jaunies par le tabac. Ses yeux brillent d'un éclat rêveur. Ce sourire forme des petites rides plissées en coin qui lui confèrent un certain charme. On ne sait pas s'il s'émerveille ou s'il a envie de pleurer.

— Tu as l'air songeur, lui dis-je, tu penses à quoi ?

Sans bouger, en remuant simplement les lèvres, il me répond, amusé :

— Pourquoi faudrait-il toujours penser ? C'est bien un truc de filles, ça !

Ici, tout est simple. On se laisse vivre, porter par le courant. Oh, certes, il faut travailler, on travaille ce qui est nécessaire, puis on se laisse vivre, puis on travaille mais il n'y a pas que le travail dans la vie, il y a les autres, il y a la vie qui passe comme une rivière qui s'écoule et qu'on suit. On ne projette rien, on suit le mouvement ou on s'en va et on suit une autre route mais toujours, on suit.

Avec mes compagnons de vigne, on plaisante, on s'entraide, on s'encourage, on se charrie, on se chamaille, et c'est tout. On ne se fait pas des nœuds au cerveau à faire des plans A, des plans B, des plans C, des plans K. Quelle catharsis cette aventure !

Le soir venu, Jeannot me demande si je vais toujours courir. Je ne sens plus mes jambes, j'ai l'impression d'avoir déjà travaillé une semaine.

— Je crois que mes baskets ne vont pas me servir, tonton.

— Ha, ha ! Attends de voir tes courbatures demain.

Après avoir avalé une excellente tourte à la viande accompagnée d'une généreuse salade verte et englouti deux parts de la délicieuse tarte aux mirabelles de Lucienne, je m'installe ventre à terre, tête sur les coudes et demi-jambes en l'air, sur le tapis à poils longs, au coin du feu, pour lire les aventures d'Adrien Deume[15]. Ce roman ineffable, qui me plaît tant à lire dans le métro parisien me semble ici tout à fait en décalage. Quelle hypocrisie ! J'en viens à détester mon milieu d'origine. J'aurais mieux fait d'apporter un Zola.

---

[15] Personnage du roman *Belle du Seigneur* d'Albert Cohen.

Jean s'est endormi, bouche ouverte, sur le canapé, tandis que Louise, toujours éveillée, sans prêter attention à son mari continue son canevas en se laissant bercer sur son fauteuil à bascule.

Une scène à la famille Ingalls, en somme.

Cette nuit, je dormirai hantée par ce regard bleu-gris que je ne parviens pas à oublier. Qui est ce garçon qui me rend insomniaque ? Le reverrai-je demain ?

Je me surprends à rêvasser comme une gamine de douze ans. C'est bon de rêvasser. Douce évasion. Si seulement je connaissais son prénom…

****

Sarah : « Coucou miss, ça va ? Tu fais quoi ? »

Vous : « Je râpe du savon sur une planche à découper. »

Sarah : « ? »

(Photo)

Envoyé. Reçu. Lu

Sarah : « Mais elle toute petite ta planche, il y en a partout. »

Vous : « Ouais, je sais. »

Sarah : « Tu fais de la lessive ? »

Vous : « Oui, c'est ma cousine qui m'a conseillé de faire ça. Elle est passionnée par le « home-made ».

Sarah : « C'est à la mode. »

Vous : « Oui, du coup j'avais gardé une grosse bouteille de lessive liquide, j'ai acheté un litre de vinaigre d'alcool, j'ai tout versé dedans et là je suis en train de râper le savon ! Après j'ajouterai le bicarbonate de soude et la lavande, et paf, ça fera de la lessive économique et écologique, c'est magique ! »

Sarah : « Tu vas t'en sortir. »

Vous : « Je ne suis pas plus conne qu'une autre, mais émietter un savon avec une râpe à fromage, c'est long. »

Sarah : « Et si tu humidifiais ton savon ? »

Vous : « Ah, ouais… Je n'y ai même pas pensé. »

Vous : « Quelle idée tu as eue ! »

Sarah : « Quoi ? »

Vous : « J'ai les doigts qui collent maintenant j'en ai partout. Je peux plus taper de SMS. Bon, je ne t'écoute plus, tes conseils sont trop pourris ! Je t'appelle du coup, ce sera plus facile pour faire mon truc en même temps. »

Sarah : « MDR »

(Appel en cours)

— Voilà, alors là, tu vois je verse mes copeaux de savon. Maintenant, je vais rajouter de l'eau chaude, et j'ajoute le bicarbonate et… putain !

— Quoi ?

— Je ne sais pas… Ça ressort du bidon, ça fait des bulles, il y en a partout dans l'évier ! Ça ne veut pas rester dedans, ça gicle, on dirait une fontaine.

— Ferme le bouchon.

— Oui… oh, la vache !

— Quoi ?

— Ce n'était pas une bonne idée. Mon bidon est en train de gonfler… comme s'il allait péter !

— Tu fabriques quoi là ? De la lessive ou une bombe artisanale ?

— Faut que j'ouvre. J'ai peur…

— Fais évacuer tes voisins.

— Ha, ha, moque-toi !

Claquement.

— Qu'est-ce qui se passe ?

— Ben voilà, j'ai retiré le bouchon ça a explosé. Il y en a partout.

Sarah étouffe de rire.

— Tu veux que je rappelle ?

— Euh… ouais !

VDM.

****

La météo n'est pas plus clémente les jours qui suivent mais, malgré les caprices du temps, les sourires, les rires, et la fraternité qui unissent le groupe remotivent les plus récalcitrants à la tâche. Seuls deux vendangeurs abandonnent le terrain avant la fin de la période.

Notre papa Gilles n'est plus là, non parce qu'il avait baissé les bras, mais parce qu'il a voulu raccompagner un coupeur qui s'est senti mal il y a deux jours, et qu'il s'est fait pincer avec 0,8 gramme d'alcool dans le sang… à dix heures trente du matin.

Nous l'avons vu partir, nous ne l'avons jamais vu revenir, son permis lui a été retiré sur le champ, c'est le prix de son paternalisme et de sa générosité. Les policiers ont été aussi peu cléments que le temps.

Marco et moi nous sommes rapprochés, nous sommes désormais inséparables. Il m'a parlé de ses tribulations, de son enfance meurtrie, de ses galères en foyer, de ce manque de confiance en lui qu'il n'a pas pu surmonter et qui est devenu un handicap. Quand il était petit, il voulait être boulanger ou facteur, parce qu'il voyait le boulanger et le facteur tous les jours et qu'il avait l'impression de les connaître intimement, comme des membres de sa famille. Marco est un homme sensible, intelligent, et surprenant.

Nous parlons des gens, et du panurgisme ambiant dans les grandes villes. Marco a un peu vagabondé : Nice, Clermont-Ferrand, Amsterdam, Paris. Au cours de ses pérégrinations, il a trouvé des abris de fortune, dormi chez des amis qu'il s'était faits sur le chemin, seul dans des squats, et même sous une tente Porte de la Chapelle qu'un SDF lui a volée.

Au huitième jour, alors que nous sommes assis sur le bord du trottoir, à l'heure de la digestion, il me récite l'extrait d'un poème de Pablo Neruda :

« *[...] Mais j'essaierai de changer :*
Je vais saluer avec soin,
Je vais soigner les apparences
Avec application et enthousiasme
Jusqu'à être tout ce qu'ils veulent
Que l'on soit
Et que l'on ne soit pas,
Jusqu'à n'être sinon les autres.

Et si alors ils me laissent tranquille
Je vais changer de personne
Je vais changer de peau
Et quand j'aurai déjà une autre bouche,
D'autres chaussures, d'autres yeux,
Lorsque déjà je serai autre
Et que personne ne pourra me connaître
Je continuerai à faire de même
Car je ne sais pas faire autre chose ».

— Où as-tu appris tout ça ?

— Hey, gamine, tu crois quoi ? Que j'sais pas lire ou quoi ? J'fais quand même des trucs à part traîner, t'sais.

— Je suis impressionnée, et jalouse, car si je connais quelques strophes de poètes classiques, je n'ai jamais retenu autant de vers d'un coup.

— Tu es jolie, ça compense. T'as pas besoin d'être intelligente.

— Hey !

Je lui donne une petite tape taquine sur l'épaule.

— J'ai vu le regard que tu lui lances.

— À qui ?

— Arrête. Le charrieur, là, Grégory, tu le dévores des yeux. Tu lui fais tes yeux de Minnie.

— Il s'appelle Grégory ?

— Ouais, mais si j'étais toi, j'me méfierais : c'est un poulet !

— Un « poulet » ?

Curieux, observateur et intuitif, je me demande quel homme Marco serait devenu s'il avait eu la chance de grandir dans un environnement socio-économique plus favorable.

Aujourd'hui, près de dix ans plus tard, je ne peux m'empêcher de penser à lui, sensible aux espoirs déçus et aux rêves déchus par le hasard du berceau. J'ai été profondément émue par le roman de Catherine Poulain, « le cœur blanc » qui brosse un portrait touchant de ces travailleurs saisonniers, condamnés par la naissance à vivre au jour le jour, traînant le fil de leur vie comme un boulet aux pieds. Ce roman m'a ramenée plus de dix ans en arrière.

Si toutes nos rencontres laissent des traces, celles-ci sont des empreintes de dinosaures.

Les jours passent à une vitesse folle car, si les heures s'écoulent lentement – impression laissée par les tâches besogneuses –, les jours sont de plus en plus courts et les nuits de plus en plus longues.

Quand je repense à mes baskets et ma tenue de jogging, que je n'ai jamais sorties du sac, je souris de mon ignorance, et de mon innocence, formatées par une vie confortable dans laquelle le travail manuel est perçu à travers le spectre des théories économiques modernes.

Le premier jour des vendanges, je me suis reposée comme une sirène, à vingt-trois heures. Au troisième jour, couchée comme une poule, à vingt et une heures. La veille de la paulée, je me suis endormie comme une enfant, à vingt heures trente. Le travail manuel, ça assomme, je comprends mieux la notion de « pénibilité » à présent. Les politiques devraient tous faire les vendanges ou des stages dans les usines, ce « vis ma vie » devrait être intégré au programme des Grandes Écoles de l'administration.

Le dernier jour, les vendangeurs se réunissent pour la paulée, petit rituel collectif, bruyant et sympathique, qui marque la fin des vendanges. Ce soir-là sonne le déclin des amitiés récemment tissées, et, pour moi, le début d'une idylle nouvelle. C'est à l'occasion de ce repas de tradition ancestrale que j'ai fait la connaissance de Grégory.

****

— Salut Sabrina, c'est Mickael, tu vas bien ?

— Hey, Mika, ça fait un bail !

— Oui, je me suis dit, je vais l'appeler et prendre de ses nouvelles, voir si elle n'est pas malade, comment elle vit le confinement. Qu'est-ce que tu fais ?

— Là, je fais une pause dans mon programme. Je fume une clope et je bois un thé.

— Ah, mais… je croyais que tu avais arrêté de fumer ? C'est dommage, si tu as repris.

— Non, je n'ai pas repris.

— Attends, tu me dis que tu fumes.

— Oui, mais c'est stratégique.

— Comment cela ?

— C'est pour m'immuniser contre le corona.

— Hein ?

— Ben oui, t'as pas entendu parler de ces études sur la protection des non-fumeurs, grâce aux récepteurs à nicotine ?

— L'excuse de merde !

(*Rires*)

— Ouais !

— Sinon… Sarah m'a dit que tu t'étais séparée.

— Oui, ça fait quelques semaines déjà.

— Et, ça va ?

— Je commence à être rodée maintenant.

— Tu ne tombes que sur des nazes ma pauvre.

— Tu sais, je ne suis pas mieux qu'eux. J'ai ma part de tort dans chacune de mes histoires aussi.

— Regarde, moi par exemple…

Quand un homme vous appelle pour vous demander des nouvelles après une rupture, comprenez : « sinon, moi, tu y as déjà pensé » ?

Mais, soyons réalistes, mec, ça fait des années que tu te tortilles sous mon nez, en prétendant présenter toutes les qualités rêvées. Tu ne crois pas que depuis le temps, si j'avais été intéressée, tu le saurais ?

— … je fais le ménage, je fais mon repassage, je cuisine.

— Normal, Mickael : tu vis seul.

— Oui, mais même, il y a plein de mecs qui ne le font pas. Tu viens chez moi n'importe quand, c'est impeccable. Enfin, si tu veux essayer avec un mec bien, j'dis ça, j'dis rien…

On y est !

— Merci, mais ça va, un peu de célibat ne me fera pas de mal du tout, tu sais. Je me complais assez dans le célibat. Dans cette période particulière, je ne sais pas ce que tu ressens, mais c'est plus la solitude qui me pèse, le fait de ne pas voir ma famille, mes amis aussi.

— D'accord, d'accord. Bon, je dois faire ma vaisselle. On se rappelle ?

OK, je résume : il ne peut pas me baiser, du coup ce que je dis ne l'intéresse plus.

C'est difficile pour une jolie fille d'entretenir une amitié. Pourtant, l'amitié est une ressource divine, un trésor à préserver. Comme la famille, les amis sont une valeur sûre au milieu des impondérables.

Les hommes ont plus de mal à vivre seuls. Pokeball à la main, ils sont prêts à capturer le premier Pokémon qu'ils croisent sur leur chemin. Pas de chance, je suis une espèce affranchie.

Allez, une dernière clope et après, je jette le paquet ! Si, si, je vais le faire…

****

Nous voilà autour d'une grande table dressée pour vingt convives dans un restaurant traditionnel local, à l'ancienne, poutres apparentes et nappes à carreaux rouge et blanc, une grosse dame accueillante, tablier de mise, nous apporte le kir – cassis, je vous prie, dosé à la bourguignonne – un tiers de crème de cassis, et deux tiers de vin blanc, bourgogne aligoté évidemment (un kir sous-dosé en cassis, pour les bourguignons, cela s'appelle un rosé), les délicieuses gougères salées, la terrine et le pain de campagne.

Toutes ces odeurs de pot-au-feu et de lapin à la moutarde qui répandent leurs effluves enivrants, ce vin rouge aux notes épicées qui sieste dans les pichets, ces fromages locaux à l'odeur prégnante qui reposent sous cloche sur un plateau. Maison de saveurs et de couleurs. Delicatessen !

Les voix des convives portent haut et fort dans le restaurant, mais tout le monde est prévenu : ce soir, c'est paulée, les plaintes pour nuisance sont irrecevables, le ban bourguignon et les chansons paillardes sont de rigueur, ce soir on fait vibrer les murs et tressauter les tables.

Grégory et moi ne nous quittons pas des yeux. Nous sommes assis d'un bout à l'autre de la table, nous avons les pupilles qui brillent et nos pensées sont loin, loin des victuailles insignifiantes qui nous sont servies. Nos pensées s'évadent vers un univers platonique et spirituel et plus rien d'autre ne compte que…

Non, je vous mens. Ce soir-là, nous mangeons comme des porcs et nous buvons comme des chameaux et, bien sûr, au bout d'un moment, l'alcool commence à nous monter à la tête.

Le copain de Grégory qui est assis juste en face de lui me propose d'échanger nos places.

— Je sais que toi et mon copain, là, vous jouez à un petit jeu depuis tout à l'heure. Vous n'êtes pas très discrets. Alors, je me disais que ce serait peut-être mieux si vous vous rapprochiez pour faire connaissance.

Sans hésiter une seconde, je lui cède ma place, et je m'installe devant ses yeux de crocodile qui me regardent cauteleusement, ils m'analysent ses yeux, sont à la fois doux et méfiants, invitent à la prudence mais non, impossible, irrésistibles ils sont irrésistibles ses yeux qui semblent avoir absorbé tous les verts de la terre dans leur jade opaline. Mon naturel romantique revient au galop.

Étant tout aussi émus et troublés l'un que l'autre, rougissant et souriant, il nous faut un certain temps avant de démarrer la conversation.

C'est lui qui se lance le premier :

— Alors, c'est Sabrina c'est ça ?

— Je vois que tu t'es renseigné. Toi, c'est Grégory.

— Je vois que tu t'es renseignée aussi.

— …

— Tu fais quoi dans la vie ?

— Je suis consultante, à Paris, je fais des études pour accompagner des entreprises dans leur développement, et toi tu es poul… policier, n'est-ce pas ?

— C'est ça, mais bon. Pour le moment, j'ai surtout des missions d'agent de sécurité. En ce moment, par exemple, je fais la ronde à l'hôtel de ville.

— Et tu portes quand même un uniforme, avec un vrai flingue, et des menottes ?

— Hum… intéressée ?

— Je crois, oui !

C'est ainsi que ma relation avec Grégory a commencé, et c'est ainsi qu'elle s'est poursuivie, par intermittence, pendant sept ans. Grégory et moi, ça a toujours été une histoire de sexe.

Pour ma part, ce n'est pas une question de physique, surtout qu'à cette époque, Grégory, je vous l'ai dit, est très bien portant, pour ne pas dire gros. Il aime bien manger, et son ventre, fendu en deux, forme deux boules de tailles égales, une sorte de testiventre, en somme.

La première fois que j'ai fait l'amour avec Grégory, c'était chez lui, et j'ai vu des étoiles, je vous jure, j'ai vraiment vu des étoiles, un ciel rempli d'étoiles scintillantes, des petites et des grosses étoiles et des étoiles filantes. Une galaxie pleine d'étoiles.

Lorsque nous faisons l'amour, c'est dans un silence total, nous n'échangeons pas un mot. Nous sommes en transe, c'est intense, fusionnel, ébats d'une tendresse inégalée. Il me semble que je n'ai jamais éprouvé cela avec aucun autre homme que lui.

Au lit, Grégory est l'homme parfait, attentionné, à l'écoute, généreux, jusqu'à ce qu'il essaie de parler ou de faire un truc.

Parce qu'en dehors du lit, c'est une calamité, ses bourdes sont tellement grosses que c'est à se demander si c'est volontaire, ou non.

Un jour, Grégory m'invite au restaurant. Je fais le trajet depuis Paris pour une nuit, comme je le fais souvent pour lui. En général, j'arrive le soir, vers vingt et une heures, nous passons la nuit ensemble et je repars le matin de bonne heure.

Cette fameuse fois, il me propose de venir plus tôt. Je me réjouis à l'idée de cette invitation, flattée de savoir qu'il veut enfin faire ma connaissance, curieuse de savoir si cela peut être le début de quelque chose. C'est un événement exceptionnel, une éclipse lunaire : nous allons communiquer.

Je m'apprête tout l'après-midi : coiffure, robe élégante et talons hauts, sac à main assorti à la tenue, parfumée de Chanel n° 5, maquillage de soirée, et sans me vanter, après tout de même quatre heures passées dans la salle de bains, je me trouve vraiment jolie !

Grégory vient me chercher à la gare, vêtu d'un jean et d'un vieux t-shirt blanc avec un petit trou près de la manche droite, un t-shirt gruyère. Il n'a pas encore eu le temps de se changer. Enfin, c'est ce que je me dis sur le moment.

Parce qu'en fait, c'est sa tenue.

Parce que nous allons dîner au Flunch.

Le pire, c'est qu'il est tout content de m'expliquer comment cela fonctionne.

— Alors, tu prends une entrée, un dessert, une boisson, ce que tu veux, c'est moi qui invite. Une fois que tu as tout, tu lèves la tête et tu choisis ton plat sur les panneaux d'affichage. Tu auras un ticket pour aller récupérer ta viande ou ton poisson.

Je cache mon désarroi, je m'efforce au contraire de paraître contente :

— Cool !

Nous cherchons une table isolée. La salle est grande mais très bruyante. Il y a beaucoup d'enfants. Ça pue la frite. L'endroit rêvé pour apprendre à se connaître.

— T'as pris quoi ?

— Un pavé de saumon, et toi ?

— Un rumsteck, de la bouffe de mec quoi.

— Ah, oui…

— Tu sais, y'a des gens qui ne mangent pas de la journée quand ils viennent dîner, vu que les frites sont à volonté ! Toi aussi tu peux prendre du rab sur les légumes si tu veux.

Encore une fois, il est tout fier, tout content. J'ai envie de lui dire « franchement, tais-toi ». Mais je ne dis rien. Je suis sous le choc, et quand on est sous le choc, on reste coite.

J'essaie de relancer la conversation sur une piste plus constructive.

— Alors, parle-moi de toi, Grégory, qui es-tu ?

— Oh bah tu sais, y'a pas grand-chose à dire.

Flop total.

— Qu'est-ce que tu écoutes comme musique ? Tu es plutôt Jazz, Rap, variétés ?

— Oh rien de tout ça, je suis plutôt hard rock, métal, de la vraie musique quoi. Et toi ?

— Musique classique et opéra.

— Ce n'est pas pareil.

— Non.

— Et tu aimes les films, le cinéma ? Tu regardes quoi ?

— Plutôt aventure, science-fiction, et toi ?

— Des drames historiques, des films basés sur des faits réels, quelques comédies romantiques aussi parfois.

— Ah ouais… on n'a pas du tout les mêmes goûts en fait.

Effectivement, Greg et moi avons le plus haut degré possible d'incompatibilité amoureuse. Attirance sexuelle mise à part, nous n'avons *rien*, mais absolument *rien* en commun, *rien* à partager. Pour *rien* au monde, je ne passerais plus d'une soirée avec lui.

Ajoutons à ces différences culturelles une horloge interne en total décalage, il est couche-tard lève-tard quand je suis couche-tôt lève très-tôt, et des opinions politiques aux antipodes, notre taux de compatibilité Meetic devrait être d'environ 0,1 %

Mais voilà, sexuellement il est proche de 100 %. Voilà pourquoi je dis à mon amie Sarah que je suis « sexuellement » amoureuse de Greg. Et vous allez comprendre jusqu'où je peux aller.

À la fin du repas, n'ayant rien appris de bien intéressant sur la vie morne et ennuyeuse de mon prince pas charmant, alors que je m'attends à ce que l'on rejoigne son appartement, Greg emprunte une autre direction, toujours tout fier et tout content.

— Où allons-nous ? Tu n'habites pas par là.

— Non. J'ai une autre surprise pour toi. Je t'ai dit, ce soir, c'est ta soirée.

Tout à l'heure, lorsque j'étais dans le train, j'étais exaltée à l'idée de ce restaurant, et l'ascenseur émotionnel était à son plus haut niveau. La montée a été excitante et la chute est brutale. J'avoue que, m'étant familiarisée avec ses boniments, la surprise annoncée me fait plutôt flipper. Et je ne suis pas au bout de mes peines.

Souvenez-vous, j'ai une tenue très chic, robe élégante et talons aiguilles. Grégory est habillé en tenue de barbecue du dimanche.

Nous nous arrêtons devant… un hôtel Première Classe. Non, dites-moi que je rêve, il n'a pas fait ça ?! La surprise de Greg, c'est une nuit dans un Hôtel Etap à Dijon, c'est-à-dire, dans la ville où il réside, seul, dans un appartement tout à fait confortable. Non franchement, je ne comprends pas. *Même aujourd'hui, je ne comprends toujours pas.*

Nous sortons de la voiture, lui, toujours tout fier tout content, moi, honteuse, car je me dis que dans cette tenue, au vu du look de mon partenaire, là, devant cet hôtel bas de gamme, je passe probablement pour une prostituée qu'il se sera offerte après six mois d'économies.

Il me prend la main, me conduit à l'étage, ouvre la porte et oh ! super, un lit superposé, une cabine de douche pour une demi-personne, et des murs absolument pas insonorisés. Bien entendu, la chambre d'à côté loge toute une famille, dont au moins deux enfants de bas âge.

On est loin de l'ambiance feutrée qui fait rêver.

— Ça te plaît ?

Que répondre, quoi faire ? Je suis coincée, je me suis déjà embarquée dans le bourbier, c'est un véritable piège abscons. Je n'ai plus qu'à subir.

Mais ce n'est pas tout.

— J'ai une autre surprise.

Oh, non ! Pitié…

Il pose son téléphone sur la minuscule tablette qui semble faire office de chevet et lance le titre « *Cupid Carries a Gun* » de Marylin Manson, sur lequel il commence à se déhancher lentement. J'hallucine, il me fait un strip-tease.

Il n'est pas sensuel du tout, ne suit absolument pas le rythme de la musique. Très maladroitement, il se déshabille, manquant à deux reprises de se casser la figure. Il me fait rire, je finis par trouver ça tellement absurde que c'en devient mignon.

Ce n'est pas tout, le ridicule ne tue pas et mon Don Juan ne manque pas d'idées : il porte un caleçon noir sur lequel est écrit en grosses lettres blanches « Beau Gosse Inside », sûrement un cadeau reçu pour un anniversaire, ou à l'enterrement de vie de jeune garçon d'un pote. Il secoue son testiventre qui dépasse du caleçon (un vieux caleçon ample, pas un slip, ni un caleçon moulant, non, un truc que plus personne ne porte, évidemment).

« Oh non, c'est trop ». J'éclate de rire. J'ai envie de lui. Le pire, dans tout cela, c'est que j'ai grave envie de lui.

La nuit qui suit est torride.

Je repars éreintée, des souvenirs plein la tête, parce que des nuits rocambolesques comme ça, ça ne s'oublie pas.

Vous vous demandez certainement si je l'ai revu après cela ?

Oui, mais pas tout de suite. Parce qu'entre temps, je me suis pacsée, une seconde fois, et mon partenaire était d'un genre encore bien différent.

****

— Hello miss, comment ça va ?

— Je me sens un peu fatiguée, mais ça va.

— Je ne savais pas si je t'appelais trop tôt ou pas.

— Sarah, tu sais bien que je me lève à six heures. Donc neuf heures, c'est loin d'être tôt pour moi. Mais là, j'ai super mal dormi. Je me suis réveillée toutes les heures à partir de deux heures, du coup quand je me suis réveillée pour la énième fois à cinq heures quarante je me suis dit hop, je me lève, j'en ai marre.

— Ah ouais, ça fait tôt. Moi aussi je dors mal en ce moment.

— C'est chiant parce qu'après tu te sens affaiblie toute la journée.

— Oui. Vincent, il dort bien, lui. Il ronfle, même.

— Les mecs n'ont vraiment pas les mêmes problèmes.

— Et sinon ?

— Ben sinon, rien. Je me suis levée et si… faut que je te dise ! Ce matin, il y avait un horrible ver qui se tortillait sur ma table basse. J'ai dû ramasser ça avant le petit-déjeuner, ça m'a dégoûtée. Toi qui jardines, sais-tu comment faire pour se débarrasser de ces horribles choses rampantes ?

— Je ne sais pas, il faudrait que tu demandes à ton fleuriste. C'est marrant ce que tu me dis, parce que ce matin, moi aussi j'ai vu un truc bouger dans ma cracotte.

— Sarah, non, ce n'est pas du tout marrant, ça, c'est juste horrible ce que tu me dis là !

C'est quand même incroyable. Quand il m'arrive un truc, Sarah a toujours une couille qui lui arrive mais genre dix fois, cent fois pires. Parfois, je me dis qu'elle le fait exprès. Mais non, c'est vrai !

— Oui, je sais, j'ai tout lâché, je n'ai pas pu terminer ma biscotte.

— Tu m'étonnes !

Rien que le fait d'imaginer la scène me révulse, ça me donne la nausée. Finalement, mon ver blanc, ce n'était rien. Ce qu'il y a de génial avec mon amie, c'est qu'avec elle, je peux tout relativiser, me dire que ce qui se passe dans ma vie n'est jamais aussi grave que cela en a l'air.

— Mais tu avais mis quoi sur ta biscotte ?

— De la cancoillotte.

— Ah oui, du coup, le ver, il était dans le pot ?

— Non, ce n'était pas un ver, c'était une sorte de cafard.

— Mais c'est immonde !

J'essaie de revenir sur mon problème de ver à plante, et, après avoir activé le haut-parleur de mon smartphone, je jette un coup d'œil sur internet pour voir si je trouve une solution et, eurêka ! oui : il y a un mec qui a créé un sujet sur un forum.

Sur internet, on trouve vraiment réponse à tout !

— Ah, j'ai trouvé quelque chose, miss. L'astuce, ce serait de mettre des allumettes à l'envers dans le pot de mon bonzaï. Ces bestioles détestent le souffre, donc demain je n'en aurai plus.

— Enfin, si, tu n'en auras plus dans ton pot mais tu en auras partout dans ton salon.

— Ah oui, mince, il faut que je pense à ça. Heureusement que je t'appelle.

— Ben oui. Tu mets ta plante sur ton balcon cette nuit.

— Oui, et la voisine a des plantes, comme ça ils iront chez elle. En plus, ils seront heureux, elle a un véritable balcon fleuri.

(Rires)

— Au top ! Et sinon, tu n'as rien d'autre à me dire… ?

Sébastien

Après cette nuit abracadabrantesque, je quitte Grégory sur un simple SMS. Il ne me semble pas tellement offensé. Comme je vous l'ai déjà dit, notre relation depuis le départ, basée sur le sexe, est restée figée dans son marbre. En dehors de nos accords charnels, aucune harmonie, aucune entente ne sont possibles, il faut bien que je me décide à sortir de ce cul-de-sac.

J'ai vingt-six ans, et à cet âge, quand on est une fille, on commence à envisager des relations « sérieuses », entendues comme des relations à vocation durable (même si le polyamour commence déjà à être un concept à la mode), il me paraît totalement infécond (dans tous les sens du terme) de continuer à perdre mon temps humain avec des aventures sans avenir.

Nous sommes en novembre deux mille onze. Les dernières feuilles de l'automne vont partir, balayées par l'hiver, chassées comme Grégory. Mon cœur s'apprête à hiberner jusqu'à ce que les beaux jours reviennent, plus ouvert « *quand revient l'été* »[16].

C'est dans ces périodes-là, de célibat contraint, qu'on commence à s'autopersuader que le célibat, c'est un choix.

J'ai choisi !

---

[16] *Quand revient l'été* est un titre de la chanteuse Najoua Belyzel.

Bien sûr, j'ai choisi d'être célibataire, de regarder des séries, toute seule, de prendre mon petit-déjeuner devant mon téléviseur pour mon rendez-vous de sept heures avec William Leymergie[17], que j'adore, d'appeler toutes mes copines au moins une fois par jour parce que je n'ai personne à qui parler – *en passant, elles qui ont un amoureux n'ont pas forcément envie que je les contacte sans cesse, donc souvent, elles ne répondent pas* –, d'avoir l'impression de passer une soirée exceptionnelle quand je me commande un chirashi, de sauter au plafond lorsque je suis invitée à une soirée, de ne partager aucuns frais avec personne et de n'avoir jamais droit à une petite attention à mon égard, même pas une part de flan. U+1F622 (Visage qui pleure). Bon, le flan je me l'achète quand même !

À ce propos, je suis toujours mal à l'aise quand j'entre dans une pâtisserie pour acheter UN gâteau, ça fait un peu goinfre quand même, ce n'est pas comme acheter quatre gâteaux, là les gens se disent : « ah, repas de famille », mais UN gâteau, ça fait plutôt « han, la gourmande, elle n'a pas résisté ».

Chez le caviste, c'est la même chose. Acheter une bouteille de vin à deux, c'est normal. Acheter une bouteille de vin seule, ça fait un peu soûlarde, voire débauchée si vous êtes une fille. Je vous jure, je le sens à la manière dont les gens me regardent, ce jugement critique qu'ils posent sur moi. Je ne devrais pas m'occuper de ce que pensent les gens, vous me direz, mais c'est plus fort que moi, je n'y peux rien, ça doit être un truc naturel de se préoccuper de l'impression que l'on donne.

Acheter de l'alcool au supermarché, non, n'y pensez même pas, ça fait carrément cas social, mieux vaut payer un peu plus cher.

---

[17] Journaliste, animateur, chanteur, acteur et producteur de télévision française. Il a animé l'émission Télé matin qu'il a quitté en 2017.

Mon célibat est un choix. Mon célibat est un choix. C'est MON choix.

Je suis célibataire parce que la Providence le veut. Je suis célibataire parce que JE le veux.

Mon livre de chevet s'appelle « *Les hommes peuvent attendre, l'art de vivre seule* ».

L'auteur vous donne des conseils pour vous sentir belle, bien dans votre peau, pour être une célibataire épanouie. En gros : continuez à vous épiler, prenez soin de vous, parfumez-vous, soyez sexy ! Comme si la destinée d'une célibataire était de devenir un déchet poilu et puant.

J'ai quand même acheté ce bouquin ! Quand on en est là…

Au cas où la lectrice serait une ravissante idiote pour illustrer ses recommandations, l'auteur fait même des « Études de cas », par exemple le cas de mademoiselle T., qui se déplaçait beaucoup, et qui est devenu plus heureuse quand elle s'est mise à ramener des objets décoratifs de ses voyages. Un appartement décoré d'étagères remplies de boules à neige, ça fait rêver !

Prenons le cas 13, mademoiselle B.

Mademoiselle B. a décidé de se prendre en main, de s'inscrire dans une salle de gymnastique ! Fallait y penser.

Attendez… sérieux, j'ai vraiment lu ça, moi ?

Eh oui, j'en suis là. Il est temps que je rompe cette solitude, je vais finir par parler toute seule, trier mes aliments par couleur et me laver les cheveux avec du vinaigre.

Il est temps qu'il arrive quelque chose dans ma vie !

Ça arrive, ça arrive. Le changement, c'est maintenant ! Nous sommes aux débuts de la pandémie Facebook, en deux mille onze, là où tous les jeunes commencent à avoir un compte. Si tu es jeune, tu as un compte Facebook. Si tu es sur Facebook, c'est que tu es jeune. Ceux qui sont encore sur Facebook aujourd'hui, en deux mille vingt, sont considérés comme de vieux rétros dépassés, alors qu'ils se trouvent eux-mêmes encore jeunes sous prétexte qu'ils étaient jeunes à cette époque. Bon, je vous embrouille, là. La suite, ça vient, oui ?

OK « *Let's go* »…

Je suis connectée et je tchate avec une copine, quand je reçois une « demande d'amis ». Excitée à l'idée d'avoir un ami supplémentaire, je regarde qui est l'ami mystère, et je découvre qu'il s'agit d'un ancien camarade de lycée, un type sympa, mais complètement décalé.

J'avais jadis traîné avec lui, dans mes années lycée. J'aimais bien ces profils déjantés, qui me faisaient oublier l'univers formaté dans lequel j'avais été bercée, à des années-lumière des codes qui voulaient faire de moi la jeune fille modèle des années cinquante.

Avec Cédric, j'étais transportée dans un univers « grunge ». Groupe d'amis aux looks décoiffés, cheveux longs, hirsutes, portant chemises larges, jeans troués et rangers au pied. C'est une galéjade de dire que les grunges ne se lavent pas, je n'ai jamais rien senti de nauséabond chez eux ni jamais vu voler de mouches à leurs côtés. Cédric se lavait, il était propre, c'est un fait. Juste au passage.

Je me souviens de ces airs de guitare, de ces chansons paillardes aux paroles salaces que les garçons chantaient, quand nous prenions le soleil, les jours de sèche, dans les jardins du Luxembourg. *« Sèche » signifiait alors école buissonnière, elle n'était pas encore un phénomène d'instagramer bernés par les marques de nutrition sportive.*

Loin de nous préoccuper de nos muscles saillants, nous faisions tourner quelques cigarettes brunes, plaisirs soporifiques en petite quantité, incubateurs d'hilarité sinon ou pour les débutants.

Fumer est mauvais pour la santé. Ne fumez pas.

Faire du sport est bon pour la santé. Faites du sport.

Tout cela pour vous dire que, lorsque Cédric, qui a visiblement passé sa vie à lézarder après l'école, m'informe qu'il vient de décrocher une mission intérimaire à Paris pour le week-end et qu'il recherche un endroit où crécher (coucher en langage de vieux, enfin peut-être que de nos jours crécher c'est déjà du langage de vieux…), je me dis qu'il pourrait être sympa de l'inviter à « *couchsurfer* ». En plus, je vais sûrement passer une bonne soirée.

Alors je l'invite, sans savoir qui j'invite, puisque je ne l'ai pas vu depuis des années.

Surprise ! Cédric a fait un virage look à cent vingt degrés, passant du « grunge » au style « reggae » dreadlocks et rasta bandana, yeah (cent quatre-vingts, ce serait passer du look grunge au look garçon de bonne famille).

Je note ça mais je me moque pas mal de son apparence, et même, je trouve cela plutôt sympa.

Le problème n'est pas son look. Le hic, c'est que ce jour-là, il n'est pas venu seul.

Vous vous souvenez de l'histoire d'embauche de Tristan, quand il s'est présenté à un entretien accompagné de son petit copain ?

Il m'est arrivé pareil. J'attendais un squatteur. J'en ai eu deux pour le prix d'un.

Mon téléphone sonne. Un texto.

« Je suis en bas ».

Premièrement, je déteste les gens qui font ça. Le mec qui est en bas de chez toi t'appelle ou te textote pour te dire qu'il est en bas. Tu as juste envie de lui répondre : « Eh bien, sonne, imbécile ! ».

Mais je suis sympa. Je fais style « c'est normal, tu es en bas, tu n'utilises pas la sonnette tu me téléphones mais c'est normal ».

Alors je vais même descendre pour l'accueillir.

Je le vois, accoudé à une espèce de vieux tacot qui pue la frite.

— Salut. Tu vas bien ? Ça fait longtemps, je suis content de te revoir, et c'est vraiment gentil de me dépanner.

— Salut.

On se fait la bise – *ce n'était pas encore dangereux*.

— Je suis venu avec un copain. Il m'a gentiment proposé de me conduire.

Je vois un mec sortir de la voiture en claquant la portière. La caisse est tellement pourrie que j'ai peur que la portière se détache. Cette vieille Peugeot deux cent cinq blanche toute crado équipée d'un seul rétroviseur a dû en traverser, des guerres.

— Je te présente mon pote, Sébastien, mon chauffeur.

Sébastien est un gars mince d'apparence, mais pas ténu, un faux mince, cheveux bruns, un visage poupon. Il n'est pas spécialement beau, mais son sourire naturel, grand comme une banane, lui confère un certain charme.

Il me tend la main par réflexe, s'excuse de sa maladresse, m'embrasse sur la joue. Il a l'air troublé.

— C'est quoi qui pue comme ça ? Je demande.

— C'est le réservoir, répond Sébastien.

— Tu as mis quoi dedans ?

Le gars sourit de plus belle, tout fier et tout content (encore un !) :

— De l'huile de tournesol.

Devant mon air béat, il s'explique :

— Ça coûte moins cher que l'essence et ça marche bien. Je fais quand même quelques kilomètres avec ça.

Je tombe des nues.

— Et c'est légal ?

— Non, en France, rien n'est légal, on veut t'obliger à payer de l'essence. Mais t'inquiète, les flics, je les évite.

Pourquoi s'inquiéter ? Je réalise que j'ai face à moi, deux mecs complètement barrés, et que l'un de ces mecs va dormir chez moi. Je ne sais pas encore que l'apprenti sorcier n'a pas l'intention de rentrer chez lui.

— Vous venez de loin ?

— De Chartres.

— Ah oui, quand même !

Je suis prise de compassion pour ce pauvre garçon qui a fait plus d'une heure de route pour amener son copain à Paris, et qui va devoir repartir dans sa baraque à frites.

Non, je ne peux pas le laisser s'en aller sans lui proposer un dîner.

— J'ai fait des spaghettis à la bolognaise. Je pense que nous en avons largement assez pour trois, j'en fais toujours trop. Tu peux rester, Sébastien, si tu veux.

— Ah, carrément !

Sébastien ne se fait pas prier. Il ouvre le coffre ou plutôt, il se bat avec le coffre, en sort deux sacs de sport.

Flippée (j'espère qu'il n'a pas prévu de s'installer), je me tourne vers Cédric ;

— Tu ne restes que deux jours, pourquoi tu as autant d'affaires ?

À Sébastien de répondre :

— Non, t'inquiète, on a chacun nos affaires.

U+1F910 (Visage avec bouche fermeture éclair).

****

— Hey, salut Sabi. Il faut que j'annonce une bonne nouvelle !

— Tu es enceinte ?

— Non… une bonne nouvelle, je t'ai dit. On va adopter un p'tit chat !

— Oh, ben ça alors !

— Ouiii, on a craqué, ça va être un truc de malade, on va avoir plein de temps pour s'en occuper ! De toute façon, tout le monde adopte un p'tit chat pendant le confinement, il n'y en avait presque plus à la chatterie.

— À la chatterie ?

— Oui, on a pris un Maine coon, un chat énorme. C'est un bébé et il est aussi gros qu'un chat adulte. Sinon c'est une vraie peluche, il est imposant mais il est tellement beau !

— Combien ?

— Ben un seul !

— Non Nounouille, combien tu l'as payé ?

— Ah ! Mille deux cent cinquante euros.

— Quoi ?

— Mais y'a pire.

— Comment tu peux faire pire ?

— Pour le budget, ça va, c'est ce qu'on avait prévu de mettre dans les vacances cette année. Après, faut qu'on achète d'autres trucs, plein d'accessoires. C'est un très gros chat, il lui faut un couchage adapté, des jouets, un arbre à chats taille XXL, et j'en passe !

— En fait, votre chat, c'est comme une belle voiture, avec toutes ses options luxe.

— Ouais, et du coup, on va l'assurer parce que cette race est hyper fragile, et on va essayer de lui prendre une assurance vie, qu'on puisse récupérer notre mise si jamais il nous file entre les pattes. Avec la poisse que j'ai !

— Oui, cache tes sex toys !

(*Rires*)

— Tu sais, je suis tellement traumatisée maintenant, que je vais tout planquer, tout, les chaussures, les sacs plastiques, même les câbles d'alimentation du PC ! Je suis en train de commander des meubles à chaussures là, tu vois.

— Eh bien, c'est un sacré investissement ! Tu le récupères quand ?

— À partir du neuf juin.

— En fait, c'est ce que je disais, c'est comme acheter une voiture. Tu as un bon de commande, aussi ?

— Tu rigoles, mais oui, il est livré avec pedigree, on l'achète « clé en mains » : un kit chaton, un mot du médecin, un contrat de vente…

— Ça va vous faire une sacrée charge, quand même, plus la pension à chaque fois que vous partirez en vacances. Vous l'achetez sur un coup de tête, mais j'espère que vous avez pensé à tout ça…

Je sais que ce n'est pas bien de donner des conseils moralisateurs (les gens font bien ce qu'ils veulent), mais j'ai lu un article récemment sur les animaux adoptés pendant le confinement. Les associations de défense animalière craignent une résurgence des abandons après le déconfinement. Je ne remets pas en question l'engagement de mon amie, je lui fais confiance (son dernier chat est mort à cause de sa maladie, et non pas à cause de sa négligence, elle n'y pouvait rien). Enfin voilà, comme tout le monde parfois il m'arrive de mettre mon grain de sel. Ma pauvre amie se défend.

— Tu sais, Sabrina, je travaille à la maison jusqu'à octobre déjà. Pour les vacances, on a déjà demandé à ma sœur qui acceptera avec joie de s'en occuper.

Je réalise que je l'ai polluée avec ma morale pourrie. Changement de sujet.

— Normalement, moi aussi, je télétravaille aussi jusqu'à septembre. Ce qui me laissera le temps de voir comment cela va se passer sur le plan sentimental.

— Tu y crois ?

— Règle n° 8 : « *Ne cherche pas à faire que les évènements arrivent comme tu veux, mais veuille les évènements comme ils arrivent, et le cours de ta vie sera heureux* »

— Ah, oui, c'est vrai…

Camille pousse un soupir amusé :

— …Epictète !

****

Les deux squatteurs pénètrent dans la cour intérieure, attifés comme des randonneurs.

— Waouh, c'est classe chez toi ! s'exclame Sébastien en sifflant.

— Ce n'est pas chez moi, c'est une cour d'immeuble. Mon chez-moi est assez petit, en fait.

J'en profite pour leur faire remarquer :

— Il va falloir se serrer, je ne m'attendais pas à ce que vous soyez deux.

Sébastien jette un regard complice sur son copain, qui lui répond instantanément par un pincement de lèvres amusé. Inutile d'être un expert en psychologie pour interpréter cette gestuelle de communication non verbale.

Quand je vous disais que ma vie est un théâtre ! Enfin, parfois j'aimerais bien être consultée pour avis avant de recevoir le script.

Cédric et Sébastien dévorent mon plat, ces gloutons, et je dois dire que j'en ressens une certaine fierté. Quand on aime recevoir et cuisiner, il est agréable de regarder les invités se resservir.

Il n'y aura pas de rab ce soir, tout est aspiré jusqu'à la dernière miette.

Nous discutons de tout et de rien, Cédric tombe de fatigue. Même si je lui ai déplié le lit une personne pliable dans le salon, vu qu'il se couche plus tôt, je consens à lui laisser ma chambre. Après tout, il se lève aux aurores. Je change les draps de mon lit et lui souhaite bonne nuit.

C'est ça quand on est trop serviable, je vais camper chez moi ! Je dormirai sur le lit d'appoint et Sébastien, qui, après tout, s'est quand même légèrement imposé, prendra le canapé.

En attendant, j'ai une deuxième bouteille de vin rouge au placard, et comme je veux en mettre plein la vue à mon squatteur surprise, je sors un Aloxe-Corton grand cru (ne me demandez surtout pas pourquoi je vais toujours vers les extrêmes). U+1F914 (Visage en pleine réflexion).

Tout amateur de vin, même le plus débutant, peut comprendre qu'on ne sert pas un verre de grand cru dans un gobelet. Je sors donc les verres à pied.

Sébastien réagit :

— Dis donc, tu ne fais pas les choses à moitié.

Flattée, j'incline la bouteille pour lui montrer l'étiquette. Il siffle avec un soupçon d'ironie.

— À ta santé, lui dis-je.

Il trinque avec moi.

— Pas mal ton pinard ! On fait quoi ?

« Mon pinard, il est sérieux ? ». No comment.

On passe les jeux de Wii en revue et on tombe d'accord sur Mario Kart. Je ne suis pas trop console, mais quand j'ai des invités, je joue. Et quand je joue, je veux gagner, et je n'aime pas perdre. À Mario Kart, je suis imbattable ! En général, je prends Luigi et je démonte tout.

Je n'aime pas jouer avec le volant, il me faut la manette, alors, pour rétablir l'équilibre et maximiser mes chances de vaincre, je ne dis pas tout.

On m'a toujours dit que dans une bataille, il faut combattre à armes égales. C'est encore mieux si on se sert des armes qu'on maîtrise le mieux. S'il est habitué à jouer avec le volant, il perdra s'il n'a pas le volant. Mais si, c'est de l'équilibre, voyons ! U+1F609 (Visage faisant un clin d'œil).

— T'as pas le volant ?

— Ah, euh, non, je n'ai que les manettes.

— OK, pas grave.

La bouteille descend à chaque partie. Je ne me suis jamais autant amusée de ma vie. Je suis toute guillerette, heureuse. Il faut dire que je mène la partie, et quand je gagne, je suis trop bien !

— Gagné ! Encore gagné !

— Putain ! La chatte !

— Non, juste le talent.

— J'arrête.

— Looser ! Aucun talent !

— Si, mais pas dans ça…

Mais non, ce n'était pas à cela qu'il faisait allusion. Avouez que vous aussi, cela vous a traversé l'esprit.

— Je vais te montrer. Donne-moi tes clefs.

Après six verres, tu donnes tes clefs à n'importe qui.

Il sort de mon appartement et remonte quelques minutes après avec une guitare.

— Euh… tu vas jouer avec ton pote qui dort à côté ?

— Oh, ne t'inquiète pas, je l'ai déjà vu dormir en concert de métal, quand il dort c'est une tombe. Et puis, je ne vais pas te jouer du hard.

— Ah oui ?

Doucement, il gratte les cordes avec un médiator noir. L'air qu'il joue est doux et mélodieux, les notes sont agréables, il chante en français les paroles d'une chanson qu'il a composée :

« Mon Dieu, qu'elle était belle la fille du Cactus,
Dans sa jupe moulante, et son petit haut blanc,
Mon Dieu qu'elle était belle la fille du Cactus,
Le corps intempérant et le cœur innocent.

Je l'ai vu traverser, la poitrine en avant,
Poser ses fesses au bar et renverser sa tête,
Riant aux facéties d'un amoureux galant,
Un abruti fini, mangeur de cacahuètes.

Mon Dieu, qu'elle était belle la fille du Cactus,
Dans sa jupe moulante, et son petit haut blanc,
Mon Dieu qu'elle était belle la fille du Cactus,
Le corps intempérant et le cœur innocent.

Je l'ai vu traverser, comme une étoile filante
Fulgurante traînée d'or pur au firmament,
Je l'ai vu s'envoler comme une fée dansante,
Partir, sans un regard, laisser mon cœur en plan.

Je l'ai vu traverser sur mon cœur océan
Souple et légère comme une plume de mouette,
Mon cœur a composé dans le vent la chanson,
Pour accrocher son ombre aux affres de ma tête

Mon Dieu, qu'elle était belle la fille du Cactus,
Dans sa jupe moulante, et son petit haut blanc,
Mon Dieu qu'elle était belle la fille du Cactus,
Le corps intempérant et le cœur innocent ».

Les hommes qui jouent de la guitare, c'est comme les hommes à moto, on ne sait pas pourquoi nous les filles ça nous attire. C'est cliché, mais c'est comme ça ! Les guitaristes ont un air mélancolique, vibrant et romantique. Ils en jettent !

Je me sens comme une petite fille regardant un chanteur à la télé : émerveillée. Et en plus, c'est un « *private show* ».

— Waouh ! C'est magnifique ! J'adore. C'est marrant que tu connaisses le Cactus. Tu parles bien du bar qui est dans le 13e ?

— Oui, exactement.

— Non, parce que j'y suis déjà allée, tu sais, une fois, c'était avant de rencontrer mon ex, il y a trois ans. C'est marrant.

— Bah, j'avais mes quartiers là-bas. On jouait de la musique, le soir, parfois. Le patron nous connaissait bien. Tu ne m'as pas remarqué, mais tu étais venu dire bonjour à un mec à deux pas de moi.

— Attends, donc, tu te souviens de moi ? C'était il y a trois ans ! Je t'ai marqué, alors ?

— Oui.

— D'accord.

Trois minutes de silence.

— Ôte-moi d'un doute, c'était pour moi la chanson ?

— Oui.

Alors il me raconte sa vision, décrit ma tenue, mes gestes, ma posture, m'avoue que pendant longtemps j'ai été pour lui une obsession, qu'il était présent au moment où Cédric et moi échangions sur Facebook, et qu'il m'a immédiatement reconnue :

— Hey, mais c'est la fille du Cactus !

La suite, vous la connaissez, il a insisté pour l'accompagner jusqu'ici.

Il me jure que cela fait quatre ans qu'il pense à moi. Irréaliste ! Un vrai conte de fées. La romantique en moi trépigne de joie. En tout cas, il est venu avec son sac, sa guitare et sa chanson. Entre la chanson et le reste, je ne sais vraiment pas comme Cédric a fait pour dormir, mais le lendemain, lorsque nous nous sommes réveillés, nus, à deux sur un lit une personne, à peine recouverts d'un drap, il n'était plus là.

Sébastien, en revanche, n'est plus jamais reparti.

****

— Sabrina, j'arrête définitivement les sites de rencontre, je ne tombe que sur des cons !

Comme à chaque fois, Adeline ne va pas bien. On a tous un pote ou une copine comme ça. À chaque fois qu'elle m'appelle, j'hésite à décrocher le téléphone.

— Dis-moi tout, ma belle.

— Ben voilà, depuis deux semaines, je discute avec un homme adorable, qui présente toutes les qualités que je recherche…

C'est-à-dire : beau, intelligent, riche et disponible.

J'attends la chute.

— … on discute de tout et de rien, il me parle de ses voyages, des romans qu'il apprécie, je prends confiance, je me confie sur ma vie, sur mon passé, sur mon présent, sur mes attentes. Je lui livre des confidences. Je commence même à m'attacher.

Au bout de deux semaines.

J'attends la chute.

— Il me dit qu'il croit en l'amour sincère, en l'amour fidèle. Il me demande une photo.

Adeline n'est pas du genre à envoyer des photos osées.

— Je lui envoie une photo de mon visage, au soleil, souriant.

Voilà, ça c'est son genre, avec un petit champ de mimosa en arrière-plan.

J'attends la chute.

— Il me demande une photo de plein pied, alors je lui envoie une photo de moi dans mon beau tailleur-jupe Sandro, un selfie face au miroir.

— Et ?

De temps en temps, dans des situations comme celles-ci, il faut faire des petits marmonnements pour montrer qu'on écoute, même si on a mis le téléphone en haut-parleur à trente mètres de soi, mais je pense que tout le monde connaît la technique.

— Il me dit « OK, ça me va ».

— C'est tout ?

— Oui, mais ce n'est pas tout. Je lui demande une photo de lui et il m'envoie une vidéo de son chien !

L'avantage du téléphone, c'est que je peux pouffer de rire en silence, tout en ayant l'air confondu.

Décidément, je ne le répéterai jamais assez, je ne comprendrai jamais les hommes. Nous, les femmes, l'autre catégorie, la plus civilisée, nous sommes entrées dans l'année 2020 et nous devons composer avec des hommes qui vivent… en l'an 20 !

Euh… que te répondre, ma belle… une photo de chien… c'est toujours mieux qu'une photo de bite, non ?

Mais je ne dirai pas cela, parce que c'est Adeline.

— Précise-lui que tu veux une photo de lui, il n'a peut-être juste pas compris.

— Son chien s'appelle « Sushi ».

— Ah, oui, là c'est grave !

Il est beau, intelligent, riche et disponible, MAIS il a un chien ET il aime son chien, mais genre il surkiffe son chien.

Cela me fait penser aux types qui se font laver les dents par leur pitbull. Les mecs à chiens, il faut éviter, surtout si cela fait longtemps qu'ils sont seuls avec leur chien. Dans ce cas-là, ils forment déjà un petit couple. Il n'y a plus rien à espérer.

****

Hier, je lisais Gertrude Stein. Tout est parti d'un article dans un Journal, sur le Paris des années folles. Le chroniqueur parlait de Gertrude et de son salon du 27, rue de Fleurus. Je me suis demandé quel genre de femme pouvait attirer et réunir autant d'artistes et d'intellectuels ? Je suis allée voir sur Wikipédia et j'ai lu ceci :

« Gertrude Stein, née le 3 février 1874 à Allegheny West en Pennsylvanie et morte le 27 juillet 1946 à l'hôpital américain

de Neuilly-sur-Seine près de Paris, est une poétesse, écrivaine, dramaturge et féministe américaine. Elle passa la majeure partie de sa vie en France et fut un catalyseur dans le développement de la littérature et de l'art moderne. Par sa collection personnelle et par ses livres, elle contribua à la diffusion du cubisme et plus particulièrement de l'œuvre de Picasso, de Matisse et de Cézanne. »

Je me suis dit « Waouh, cette femme est tout ce que j'aime », alors j'ai continué à chercher et je suis tombée sur un documentaire, un documentaire sur sa vie.

Il s'agit d'un film de quarante-cinq minutes. Des textes sur sa vie, extraits de ses livres et de son autobiographie, sont lus par la voix rauque de Micheline Dax dont la sonorité vous transporte dans un tourbillon d'émotions.

Tout à l'heure, j'ai profité de ce premier jour de déconfinement pour pénétrer dans une librairie.

Je ne trouvais pas les livres de Stein. Je les cherchais dans le rayon « littérature française », alors qu'il aurait fallu que je cherche au rayon « littérature américaine ». J'ai demandé de l'aide à un gentil employé.

L'autobiographie d'Alice Toklas (Alice Toklas était sa compagne) n'était pas en stock. Il fallait la commander. Il faut favoriser le commerce local, alors, même si j'étais pressée, malgré d'importants délais de livraison, j'ai commandé le livre. Mais pour apaiser ma soif, il me fallait du Stein. J'avais le choix entre un gros livre de fiction qui, après en avoir parcouru quelques lignes en diagonal, m'a semblé très bien, et un livre de deux cents pages dans lequel elle semblait raconter une partie de sa vie, avant et pendant la guerre. J'ai donc jeté mon dévolu sur « Paris France », que j'ai lu d'une seule traite. J'ai littéralement bu ses paroles. J'en reste encore sidérée. Ce livre est un chef-d'œuvre.

Cet après-midi, je retournerai à la librairie, pour acheter le roman avec lequel j'avais un cours instant hésité, Mrs Reynolds. Ce livre raconte la vie d'une femme simple, dans une période de guerre qui ne la touche pas directement mais qui l'affecte quand même. J'ai toujours admiré les écrivains qui sont capables d'écrire des pages et des pages sur Monsieur et Madame tout le monde. D'aucuns disent que c'est facile (évidemment, je pense à quelqu'un), qu'ils essaient donc ! Pour moi, ce sont de vrais génies.

****

Sébastien se sent très vite comme chez lui. Au bout de deux ou trois jours, il est complètement installé.

Il s'est inscrit en agence d'intérim. Pour participer aux frais du ménage, assure quelques missions ponctuelles qui nous permettent de payer les courses, les factures de téléphone et les factures d'électricité.

Comme je suis propriétaire de mon appartement, je ne lui demande rien pour le loyer. J'estime qu'il n'a pas à rembourser mon prêt.

Cependant, Sébastien est un gros fainéant, un « poil dans la main » comme dirait ma mère. Il ne fait rien, mais strictement rien. Mes reproches passent à travers ses oreilles comme les balles traversent les toons dans les dessins animés, avec en prime ce petit rire persifleur qu'il sait si bien faire et qui me fait craquer. Il a cette capacité à me retourner le cerveau, au point que je finis par rire de la situation. Il ne prend jamais rien au sérieux, tourne tout à la dérision.

À chaque fois que je hausse la voix, il a cette remarque cynique :

— Attention, tous aux abris, la ménagère se fâche.

J'essaie de rester stoïque, de jouer mon rôle, mais je finis toujours par lâcher. Je ris, je perds en crédibilité. Alors, tous mes sermons tombent comme des petits bouts de papier déchirés, et mes remarques restent lettres mortes.

Je ne peux définitivement pas m'énerver avec Sébastien puisque, lorsque je m'énerve, il fait son Sébastien et lorsqu'il fait son Sébastien, je ne m'énerve plus. C'est ainsi.

D'un côté, c'est ennuyeux, parce que notre communication n'est pas optimale et que je ne peux pas exprimer mon désaccord. Pourtant, c'est toujours bon de vider son sac, parce qu'alors on peut repartir plus léger, et encaisser plus facilement par la suite.

Si vous chargez votre sac poubelle parce que vous avez la flemme de l'extraire de la poubelle, quand finalement, vous le sortez, il craque, et il faut aller chercher un autre sac pour le renforcer, ou y déverser le surplus, alors qu'il aurait été bien plus simple de le sortir et de le changer tout de suite. On est tous comme ça !

Sébastien remplit ma poubelle émotionnelle. Ça va péter, va bientôt falloir changer le sac.

Lorsqu'il rentre de ses missions, je vois bien que quelque chose ne va pas, que ce quelque chose le tracasse et le tourmente, il se plaint, il tourbillonne, il se sent en décalage.

Il a même composé une chanson, avec un refrain super mélancolique :

« *Métro, boulot, dodo pas l'temps,*
J'vis pour mon patron, et mon argent,
J'commencerai à vivre, quand j'aurai l'temps.
Si j'suis pas mort avant ».

Un jour, fatiguée de son autodénigrement, je lui propose de l'aider.

— Pourquoi tu ne passerais pas ton Baccalauréat ?

— Est-ce que tu plaisantes ?

— Non, pas du tout, tu pourrais le passer en candidat libre.

— Euh… je te rappelle que je ne suis jamais allé au lycée, qu'après le brevet, j'ai arrêté, j'ai joué de la musique, je croyais que c'était mon avenir, la musique, j'ai glandé !

— Et alors ? Tu ne crois quand même pas que les trois quarts des lycéens sont intéressés par leurs cours et parfaitement assidus ?

— Non.

— Ben voilà, dis-toi que la plupart ont le même niveau que toi, voire un niveau inférieur au tien, parce qu'ils sont moins matures. Ils vivent encore chez papa-maman et ils n'ont pas encore conscience de la réalité des choses. Ils n'ont pas la même envie. On apprend mieux quand on a la niaque de s'en sortir.

— Sabrina, je n'ai pas envie, c'est toi qui as envie que j'aie le Bac.

— Peut-être, parce que j'en ai marre de te voir tourner en rond. Sérieusement, tu n'as vraiment pas envie d'avoir accès à des tâches plus gratifiantes ? Le Bac t'ouvre des portes mon cœur, après c'est plus facile.

Je décide de le laisser cogiter seul. S'il est vrai que la nuit porte conseil, demain sera un jour nouveau.

La magie opère.

Nous sommes le lendemain du jour où j'ai proposé à Sébastien de présenter l'examen du Baccalauréat. Sébastien a dormi et il a réfléchi, il est même plutôt motivé. Je décide que, cette année, je ne lui demanderai pas de travailler, je vais tout prendre en charge, son examen est sa priorité. Je poserai tous mes congés, tous mes RTT, pour l'aider à réussir ce défi. Je suis en guerre, en guerre contre l'inégalité des chances au départ, contre ce « *destin au berceau* », expression du sociologue Camille Peugny.

Sébastien a eu une vie difficile, il a grandi dans des conditions qui ne lui ont pas permis de mener à bien sa scolarité. Je réalise la chance que j'ai, et je me sens en devoir d'accompagner cet homme pour qui je ressens de la compassion, peut-être déjà de l'amour, même à ce stade précoce de notre relation.

Nous sommes en guerre, en guerre contre « le destin au berceau » et il va falloir que je nous équipe, en commençant par un stylo plume. Le stylo plume, c'est la vie ! Je n'écris qu'avec un stylo plume, c'est le prolongement de mon bras, le stylo plume ne fait pas juste qu'écrire, il glisse sur le papier, il ne grave pas les mots, il les dépose avec délicatesse. L'encre est une douceur, une caresse, quand un simple stylo à bille agresse le papier. Pour bien apprendre, il ne faut pas que l'apprentissage soit une torture. Je prendrai un Lamy, comme le mien, les Lamy sont mes préférés. Il nous faut des cahiers, aussi, des stylos de couleur, un crayon de papier et une gomme. Il nous faut aussi investir dans les manuels. Je ne sais pas comment l'inscrire, je ne connais pas les programmes, je ne sais rien, je vais tout apprendre. Comme n'importe qui l'aurait fait à ma place, je tape sur Google : « inscription baccalauréat ». Élémentaire !

Je regarde les étapes d'inscription, et je m'aperçois que c'est facile, il suffit de ne pas être scolarisé. Je jette un coup d'œil sur Sébastien qui raccorde sa guitare. Il va mieux, j'ai l'impression qu'il se sent déjà mieux. La vie est plus belle quand on voit loin, quand on se projette. Il n'y a rien de pire que de ne pas savoir où l'on va. On dit toujours : « rappelle-toi toujours d'où tu viens », mais on ne dit jamais « demande-toi toujours où tu veux aller ». C'est quand même primordial d'avoir un cap.

Vouloir faire quelque chose d'intéressant dans sa vie, c'est déjà un projet. Sébastien a un projet. Son projet. Mon projet. Notre projet… mon projet ?

Les manuels sont commandés et ça me coûte une fortune. Entre les annales, les fiches de révision, j'en ai pour une blinde, mais comme je ne prendrai pas de vacances cette année, cela ne devrait rien changer à mon budget.

Tous les soirs, pendant six mois, je m'attelle à préparer le baccalauréat de Sébastien. Dès le début, je gère tout de A à Z, de l'inscription à la préparation des programmes. Je lis les manuels, je lui en fais le résumé et les lui explique. Histoire, géographie, philosophie, anglais, économie. Comme je déteste les matières scientifiques, j'ai décidé que Sébastien partirait sur un Bac ES (Économique et Social), et, pour maximiser ses chances, j'ai choisi deux options : sport et histoire de l'art.

Les week-ends, nous arpentons la ville pour découvrir les peintures, les sculptures de toutes les époques, les photographies, l'architecture, et c'est de là que ma passion pour l'art est née.

Pas la sienne.

Tous les soirs, quand je rentre du travail, nous étudions jusqu'au dîner, puis nous reprenons après le dîner, jusqu'à la nuit tombée.

Au petit-déjeuner, alors que nous prenons le café, il me récite les cours appris la veille.

Au départ plutôt sceptique, Sébastien gagne en confiance. Même s'il ne peut s'empêcher de faire des blagues débiles en plein milieu d'un cours d'histoire passionnant, il m'impressionne par son zèle et son courage.

Le samedi matin, nous nous entraînons pour son épreuve sportive : la natation. Nous allons nager à la piscine Jean Boiteux de Reuilly et je le chronomètre.

Visite du musée Rodin. Je m'extasie devant la Danaïde et l'Âge d'Airain, je reste scotchée par les chefs-d'œuvre de son élève et maîtresse Camille Claudel : l'Âge mûr et la Valse. Touchée par l'histoire de sa jeune élève, piquée par la beauté de son abnégation qui la conduira à la folie. Je lui achète une biographie de Claudel. Si, si, c'est bien pour lui. Tout à fait bien pour lui. Je la lirai et lui en ferai un résumé.

La réussite de mon petit ami devient une obsession, mon seul objectif. Je n'ai plus rien d'autre en tête. Comme un moyen de racheter mes dettes auprès d'une société dans laquelle je suis trop bien née.

Un jour, alors que je fais des recherches sur l'ordinateur, je « tombe » sur la boîte mail de Sébastien. Flash-back. Ressouvenance du temps où je vivais avec Jean-Philippe. Je furète. Bien sûr, je ne trouve rien de compromettant car Sébastien, qui est vraiment quelqu'un de fiable, a un programme déjà tellement chargé qu'il n'a même plus le temps de jouer de la guitare en dehors des créneaux prévus dans son « planning d'étude ». Je scrute donc discrètement ses mails et RAS. Un seul courriel envoyé par Cédric retient mon attention :

— Au fait, tout se passe bien avec l'obersturmführer ?

Sympa. U+1F620 (Visage en colère)

Pourtant, c'est cette même année du Bac que, sans attendre, Sébastien me fait sa demande. Un soir, il m'attend en costard élégant, un bouquet de roses rouges sur la table.

— Pas de cours ce soir, assieds-toi, me dit-il.

Il me prend la main et me passe une bague virtuelle au doigt.

— Voilà, je n'ai pas d'argent, je suis un guitariste paumé qui vit à tes crochets. Si j'avais de l'argent, je t'offrirais tout, et ça me frustre. Je voudrais t'épouser, Sabrina, mais je n'ai pas d'argent, alors je voulais au moins te dire que je voudrais t'épouser.

Bon, ce n'est peut-être pas tout à fait comme cela qu'il l'a dit. L'avantage avec cette mémoire inexacte c'est qu'on peut bricoler quelques trucs et fabriquer des souvenirs plus poétiques.

Faisons comme s'il avait précisément dit cela.

Il est mignon dans son costume noir, touchant et sincère. Je fonds, je suis sous le charme. C'est la première fois que je le vois si soigné, lui qui porte toujours des jeans troués. Cette tenue de gentleman lui va pourtant comme un gant.

Alors cette année, la même année du Bac, je me pacse pour la deuxième fois. Parce que c'est moins cher que le mariage. Parce que c'était plus rapide. Parce que je veux montrer à Sébastien que je ne suis pas juste une dictatrice, que je l'aime. C'est un peu comme des fiançailles, en somme. Je me suis chargé de cette nouvelle mission « pacs », en plus de mon rôle de précepteur. Après tout, organiser des trucs, c'est mon kiffe. Sa famille m'est d'un grand soutien. C'est une famille soudée, à majorité féminine. Sa maman a quatre sœurs qui sont un peu comme les quatre filles du Docteur March, toujours ensemble. Sa maman a de l'embonpoint, elle a pris pas mal après une dépression il y a deux ans. Elle envisage même de se faire mettre un bypass. Malgré cela, c'est une très jolie blonde avec de grands yeux bleu lagon, comme dans les dessins animés. Ses quatre sœurs, au contraire, sont toutes fines. Murielle propose de tout prendre à sa charge, le repas, la location de la salle. Les tantes de Sébastien veulent mettre la main à la pâte et tout faire elles-mêmes. Pas de traiteur.

Sébastien est fils unique.

Ma mère, qui n'approuvait pas cette relation avec un « moins que rien » comme elle l'appelle, ne consent pas à verser un centime. Cela m'attriste un peu. Mais bon !

Le jour du Pacs, nous avons plusieurs choses à fêter. Non seulement Sébastien a eu son Baccalauréat, mais il est le seul candidat libre à l'avoir obtenu avec mention. Je m'enorgueillis autant que lui de la situation. Peut-être même un peu plus que lui.

En plus, ce jour est sacré pour moi puisque nous consolidons une demi-année de relation, et que c'est la date de mon anniversaire. Nous sommes le jeudi 12 juillet 2012.

Une date « all inclusive ».

2012 c'est aussi l'année du naufrage du Costa Concordia, « la bombe écologique », de l'élection de la dame de Rangoun, de l'affaire Mohammed Merah, de l'élection de François le retour d'un gouvernement de gauche, de l'introduction en Bourse de Facebook, celle de la séparation des deux héros de la saga Twilight, Kristen Stewart et Robert Pattinson, et c'est probablement cette dernière nouvelle qui créé le plus d'émotion.

Cette année-là, nous sommes heureux. Nous avons choisi de fêter l'événement dans une salle des fêtes, à Poissy. Une centaine de personnes est réunie, dont seulement dix membres de ma famille proche.

Ma mère, qui a mis sa belle chemise en soie rose de chez Chanel, se montre au départ très réservée. Elle n'est pas dans son monde. Au fil des heures, pourtant, elle semble se dérider. Je la vois même rire des blagues du père de Sébastien. Originaire d'un milieu modeste, elle retrouve ses racines et finit par se fondre dans le décor comme un caméléon. Chassez le naturel, il revient au galop ! Je ne l'ai jamais vu s'amuser autant. En plus pour elle, c'est gratos, tout bénef !

Nous dansons jusqu'au bout de la nuit, et le dernier slow est pour nous. Je pose ma tête sur l'épaule de mon amoureux et je me dis que notre vie commence aujourd'hui, que c'est une vie calme et paisible qui nous attend, que nous sommes en train de créer notre petit monde à nous. Alors je me laisse aller dans ses bras chauds, au rythme de la musique, et je fredonne le refrain à voix basse *« Someone Like You »*.

Comme c'est bon d'être bercée par un homme ! Nous les filles, on aime bien danser des slows. Pour une fille, sans slow, il n'y a pas d'après parce que le slow marque le début, c'est romantique un slow, c'est le début de la romance, tandis que pour les garçons, le slow, c'est une épreuve de rapprochement tactique qui annonce que la fin est proche, encore un petit effort, on y est presque !

L'espace d'une chanson, je me sens bercée, je me sens protégée, je me sens princesse, je me sens reine, je me sens femme.

Enfin, jusqu'au retour. Parce qu'à peine avons-nous passé la porte, que Sébastien se met à vomir, mais pas juste poser son petit pâté, non, il vomit en marchant, ou il marche en vomissant, en direction de la chambre avec un seul objectif : tomber comme une grosse dalle de béton sur le lit, et dormir. Bien sûr, je ne suis pas contente, mais je fais comme toute femme nouvellement pacsée dans ces conditions, je nettoie parce qu'il ne peut pas le faire – a priori cela ne le gêne absolument pas –, parce que je veux dormir moi aussi, parce que je ne peux pas dormir avec ces relents de dégueulis qui envahissent le couloir du sol au plafond.

À l'aube du dimanche, Sébastien dort et moi je nettoie du vomi qui pue.

C'est le conte de Cendrillon, mais à l'envers, c'est-à-dire que dans la vraie vie, avant pacs (je présume que c'est la même chose dans le mariage), tu es une princesse et après le pacs, mais genre, comme cela, tout de suite après, sans transition, tu deviens souillon, et tu nettoies de la gerbe.

Si vous lisez avant de manger, bon appétit !

Inutile de vous expliquer que c'est parce que Sébastien avait trop bu. Savez-vous ce que fait un homme qui a trop bu, une fois qu'il a vomi ?

Il ronfle.

Donc une fois franchie l'étape une, on entre dans la phase galère numéro deux, mais n'essayez pas de réveiller un homme ivre, il va se tourner pour vous parler et là vous allez vite comprendre pourquoi il vaut mieux qu'il garde la bouche fermée.

Après avoir passé six mois à réviser le baccalauréat, nous décidons de partir nous aérer, loin, mais pas trop loin quand même parce que ne vivons que sur mon salaire.

Notre modeste destination est un camping deux étoiles à Vallon Pont d'Arc.

Juste avant de partir, nous faisons le plein en matériel de survie chez Décathlon : la toile de tente quatre places avec deux chambres, une pour nous, une pour les stocks de conserves, le matelas gonflable et la pompe, un réchaud, une table pliante et deux chaises. Nous sommes comme deux aventuriers prêts à affronter la jungle tropicale. D'ailleurs les couverts en plastique, très peu pour nous, nous, nous avons opté pour de vraies gamelles, avec des kits à la militaire. Men versus Wild. Hey, les mecs, vous partez à Vallon, là ! *Ta G...*

Sur tous les articles, il est écrit « gain de place » mais en fait c'est de la publicité mensongère parce que c'est une vraie galère pour fermer le coffre ! Tout ce matériel doit tenir dans la 205 toute pourrie de Sébastien. En revanche, cette fois, dans le réservoir, nous mettons de l'essence, pas de l'huile de tournesol, mais de la *vraie* essence.

Le trajet n'est pas simple, parce que les trajets en couple ne sont jamais simples. Je vous la fais courte : le mec veut prendre la nationale pour profiter du paysage et pour ne pas payer l'autoroute, la fille, elle, voudrait prendre l'autoroute pour arriver plus vite et pour avoir de vraies toilettes, le mec voudrait s'arrêter le moins possible et vanter son chrono à l'arrivée, quand la fille voudrait faire des pauses café/pipi toutes les heures et demie. Le mec veut manger un sandwich vite fait, avec un soda et hop ! Cinq minutes et c'est reparti. La fille veut un vrai restaurant, manger assise, et trouver une salade, mais pas avec des pâtes, c'est pas bon les pâtes, plein de gluten, et tout, chercher encore une station avec de vraies toilettes et de vraies salades diététiques.

Non, vraiment, c'est compliqué les trajets en couple !

Si vous croyez qu'à l'arrivée les galères sont terminées, vous rêvez. Les habitués du camping comprendront. Avant d'être des campeurs alertes et avertis, nous avons tous été des campeurs débutants qui ont vite appris de leurs erreurs.

Le campeur débutant commence toujours avec un terrain de merde, à savoir un terrain placé à côté du stand vaisselle, pour bien entendre le bruit des gamelles tinter toute la journée, à l'opposé des sanitaires, pour avoir tout le camping à traverser avec son PQ à la main quand le besoin se fait pressant, un terrain avec un sol très sec sur lequel vous ne pouvez planter aucun piquet.

Il y a tout de même des avantages aux campings avec peu d'étoiles (c'est-à-dire moins de trois), c'est que les espaces sont tout de même assez larges, que les gens ne sont pas les uns sur les autres, et qu'on n'est pas obligés de chuchoter à vingt et une heures parce que les enfants (voire les parents) du Mobil home d'à côté sont couchés.

Pour le montage de la toile de tente, je laisse Sébastien se débrouiller. En attendant, je fais semblant d'avoir des trucs à faire : sortir les affaires de la voiture, trier les conserves (c'est important de trier les conserves), dresser la liste des provisions à acheter une fois que la tente sera montée, si un jour, la tente est montée, et puis cela m'amuse de regarder Sébastien galérer.

De temps en temps, il m'appelle, me demande de tenir les arceaux pendant qu'il essaie maladroitement de planter un petit piquet dans le sol tout dur. Alors, je le vois retirer les petits ou les gros cailloux qui le gênent en pestant.

— C'est vraiment de la merde ce matériel !

Bouche cousue : il a raison.

Quand enfin la tente est montée, que les courses sont faites, nous passons notre première nuit presque à la belle étoile, et si toute la semaine il fait beau alors tout va bien. C'est un peu pour cela aussi que nous avons choisi cette destination.

J'adore me coucher, parce que j'adore me lever et prendre le petit-déjeuner. J'adore prendre le petit-déjeuner parce que c'est un petit-déjeuner sucré, et que j'aime bien le sucré que je ne mange qu'au petit-déjeuner.

Sébastien fait chauffer l'eau pour le café soluble, et nous mangeons du pain de mie moelleux sans croûte tartiné avec du miel. C'est délicieux le pain de mie, surtout quand il est « sans croûte ». C'est plus cher aussi, alors qu'on a enlevé la croûte. Le café soluble, en revanche, c'est juste infect !

Dans la vie, plus tu en enlèves, plus tu paies. Cette théorie, non validée scientifiquement, s'applique à tout. Le lait écrémé et le pain de mie sans croûte sont plus chers que le lait entier et le pain de mie normal, le jambon découenné dégraissé est plus cher que le jambon avec couenne, le yaourt nature et le fromage blanc allégés sont plus chers que le yaourt nature classique et le fromage blanc à 20 % de matières grasses, le gruyère coûte plus cher quand il est râpé, le savon vaut plus cher en copeaux, avoir les cheveux courts coûte plus cher que laisser ses cheveux longs, retirer la cellulite coûte une blinde.

Tiens, ça me rappelle les mathématiques à l'école. Si A=C et B=C et donc que A=C alors cela veut dire que les femmes aux cheveux longs qui ont du gruyère non râpé dans le frigo ont plus de cellulite.

Le prof m'avait bien dit que les maths étaient utiles et que j'aurais à les utiliser dans la vie de tous les jours !

La vie, c'est cher, c'est tout. Tout à un prix, même le vide.

Pour cette première semaine de vacances tous les deux, nous disposons d'un budget serré, alors nous décidons de visiter des villages classés et de nous autoriser seulement deux activités payantes : une balade à cheval, et une descente en kayaks (*je mets au pluriel parce que 2 kayaks*).

Je déteste le cheval. Je suis tombée de cheval lorsque j'avais huit ans et j'ai eu le bras cassé. Les chevaux me font peur. Seulement, c'est le deal. Nous avons chacun choisi notre activité, alors je prends un peu sur moi.

Dès notre arrivée au ranch, ça commence mal. On me donne un double poney, parce que je suis petite. Bien que je mesure un mètre cinquante-neuf, je ne suis pas une enfant ! Dans notre groupe de cavaliers, je suis la seule à avoir un poney. Ils ont même donné un vrai cheval à une gamine de treize ans, je suis furieuse. Alors je boude. Je fais la gueule. Pour couronner le tout, ma monture s'arrête toutes les cinq minutes pour brouter. Déjà que ce n'est même pas un vrai cheval, en plus l'animal est boulimique ! Je ralentis toute la file et les gens pestent. Évidemment, Sébastien est mort de rire.

Délivrance quand la promenade se termine !

Je suis bien plus à l'aise en kayak.

Le départ en kayak, le lendemain, ne se fait pas du camping. Nous avons rendez-vous pour une descente de trente-deux kilomètres. Sébastien, qui n'est pas très sportif malgré son Bac « option natation », croit que nous partons pour une simple petite balade.

Confiante, moi, car je pratique le kayak chaque été sur de longues distances depuis mon enfance.

Je pense tenir ma revanche.

Je jouis d'avance de la situation, m'imagine en meneuse, lui loin derrière me suppliant de l'attendre. Hé, hé.

Tel est pris qui croyait prendre ! Je ne sais pas encore que je m'apprête à vivre la pire descente « sportive » de toute ma vie.

Vous vous rappelez la Fable du Lièvre et de la Tortue ? Ben la même à l'envers : le lièvre attend la tortue, et c'est bien là le problème.

Nous nous apprêtons à descendre les Gorges de l'Ardèche sur trente-deux kilomètres.

Nous arrivons aux environs de dix heures à la base nautique, vêtus d'un short de sport et d'un t-shirt par-dessus le maillot de bain, les boîtes de thon et les saladières dans le sac à dos rangé dans le bidon. Nous écoutons les consignes de l'instructeur avec attention. Le trajet sera à effectuer en maximum six heures et trente minutes, repas et pauses compris, la navette devant partir à seize heures trente. Facile !

Nous nous regardons avec assurance, et nous nous installons chacun dans notre kayak. Sébastien aurait voulu que nous prenions un canoë-kayak, mais j'ai refusé. Pour manœuvrer un canoë-kayak, il faut être coordonnés. Sur de courtes distances, ça peut être drôle de galérer à diriger son bateau, mais sur des longues distances, c'est source d'embrouilles, d'ailleurs on voit toujours des couples qui s'engueulent en canoë.

Et puis, c'est marrant, deux kayaks. C'est un peu comme une course. Un petit Mario Kart. Un Mario Kayak. Si j'avais deux trois bananes…

Ce qui me plaît dans les sports d'endurance, c'est qu'au départ, tu pars confiant, les pieds sur le starter, hyper motivé, hyper emballé, prêt à tout donner, prêt à tout casser « yes you can do it », et puis, à mi-parcours, tu commences à te demander pourquoi tu as fait ça, pourquoi tu n'as pas pris un circuit plus court, tu serais déjà arrivé si tu avais pris un parcours plus court, alors qu'avec ce parcours-là, il te reste une dizaine de bornes et tu trouves que c'est long, très long, trop long, tu as envie de pleurer, mais, quand tu repères les balises qui annoncent l'arrivée, tu es fier, fier d'avoir parcouru ces vingt-quatre, trente-deux, quarante-deux kilomètres et tu te dis : « Waouh ! Je l'ai fait ! ».

C'est ça les sports d'endurance, c'est pareil pour la course à pied, pour le ski de fond, et c'est pour cette sensation-là qu'on les aime, quand l'adrénaline retombe et qu'on est fiers de l'exploit accompli. C'est bon pour le moral parce que ça booste l'estime de soi.

Avec Sébastien, nous nous élançons sur l'eau, qui est basse, parce qu'il n'a pas beaucoup plu et que la rivière est assez sèche. Il y a à peine assez d'eau pour pagayer. Ce qui est sûr, c'est qu'on ne va pas se noyer aujourd'hui.

Les paysages sont époustouflants, on se sent tout petits au milieu de cette végétation luxuriante. La nature est partout et nous sommes dans la nature, tandis qu'à Paris, c'est la nature qui cherche une place parmi les gens. Ici, c'est tellement vaste autour de nous que les sons de la nature ne sont pas même pas couverts par les voix des kayakistes ni des baigneurs, et ils le seront de moins en moins à mesure que nous avancerons parce que certains kayakistes seront arrivés au bout de leur parcours et que sur les parcours longs, il n'y a pas d'enfants.

Nous nous arrêtons parfois pour nous baigner, souvent à la demande de Sébastien, qui fatigue vite et qui aime lézarder au soleil. Je lui dis de mettre de la crème mais il ne m'écoute pas, il pense qu'il va rentrer tout beau et tout bronzé. Je lui souligne qu'il risque de rentrer tout rouge et tout brûlé. Il ne réagit pas, il n'en fait qu'à sa tête.

Nous passons les nudistes, et quand on passe le camp nudiste, on sait qu'on a déjà fait une bonne partie du trajet. Nous décidons de nous arrêter pour déjeuner.

Le menu est plus que rudimentaire : boîte de thon, salade niçoise, compote de pommes et barre de céréale. L'idée est de ne pas nous empiffrer, pour rester léger et pouvoir repartir plus aisément. Enfin, ça, c'est mon idée. Sébastien, lui, est bien déterminé à faire sa sieste. J'ai beau essayer de négocier, je finis par me résigner. Nous siestons. Je me tartine de crème solaire et je me couvre le visage avec ma casquette. Sébastien, étendu de tout son long, fait le beau, sans protection aucune. Il a déjà un peu rosi.

Il me paraît important de vous préciser que Sébastien est blanc comme une serviette d'hôtel, pour vous laisser imaginer l'inévitable catastrophe qui va arriver d'ici quelques lignes.

Deux heures. Notre sieste a duré deux heures. J'ai la rage. Nous n'avons pas de montre, et il reste un peu moins de la moitié du chemin à parcourir.

Première dispute en vacances.

— C'est bon, relax, miss, ils nous ont donné six heures trente. J'ai calculé : six heures trente, c'est pour un enfant de dix ans.

— Tu as calculé quoi ? Comment ? Tu ne l'as jamais fait la distance, moi si, et j'ai toujours fait partie des premiers arrivés !

— C'est ça ton problème, tu es toujours dans la performance, tu veux toujours être la meilleure, en tout, tout le temps, même en vacances, et comme tu veux foncer tu ne regardes pas autour de toi. Eh bien, moi je respire, je profite. Tu m'as parlé d'une balade, je fais une balade, j'écoute le bruit de l'eau et du vent, le chant des oiseaux, je profite, moi, madame, et pour une fois, tu devrais en faire autant ! Les vacances, c'est fait pour ça, pour relâcher, se détendre, se reposer.

Je finis par me dire qu'il n'a pas tout à fait tort sur tout, et que c'est quand même bon de ralentir la cadence.

Sébastien a du mal à se remettre de sa sieste, il n'est pas requinqué du tout. Au contraire, il peine à pagayer, le soleil lui a certainement aussi tapé sur la tête.

Dans ce décor, il y a un détail qui me chiffonne : je ressens soudainement une grosse impression de solitude.

— C'est bizarre, on ne voit plus de kayakistes. On n'aurait pas dépassé le point d'arrivée par hasard ?

— Ben non, on l'aurait vu, on aurait vu le van et la remorque avec les kayaks orange et jaune. Je ne pense pas, non, c'est juste qu'il n'y a pas beaucoup de monde qui se lance sur le parcours des trente-deux bornes, c'est tout.

— Oui, mais quand même on est un peu « *seuls two* » là (*pour ceux qui ne l'ont pas vue, seuls two est une comédie d'Éric et Ramzy où nos deux protagonistes se retrouvent seuls dans un Paris déserté*).

— Arrête de stresser pour rien, t'es chiante, tout va bien !

Je ne me sens pas à l'aise du tout, j'ai cette impression étrange que nous avons loupé quelque chose, qu'il y a un truc qui cloche. Je stresse. Il a peut-être raison, je suis en vacances et je stresse. Je suis là pour me détendre mais je suis encore angoissée.

Quelques centaines de mètres plus loin, nous apercevons enfin la remorque, mais celle-ci est vide. Un seul kayak orange et jaune est posé le long de la berge pour nous rappeler que c'est bien notre point de destination.

Au second plan, nous apercevons la terrasse d'un café. J'ai chaud, j'ai soif, je suis fatiguée, le coup de pression m'a un peu miné le moral, je veux rentrer.

Sébastien a un air satisfait, je déteste quand il a cet air-là, parce que toujours il finit par dire : « tu vois, j'avais raison ».

Quelques secondes plus tard, c'est exactement ce qu'il dit.

— Tu vois, j'avais raison !

Le clin d'œil en prime. Trop prévisible. Très agaçant, aussi.

Il s'approche du moniteur, un grand blond musclé aux cheveux bouclés, peau hâlée, qui attend les bras croisés. Le mec est torse nu, en short rouge. Il ressemble à Cody dans Alerte à Malibu, le sourire en moins. Quelle porte de prison ! Ça gâche le spectacle des muscles et des abdos.

Sébastien s'approche, sûr de lui, et lui demande, sur un ton condescendant :

— Dites-moi, il nous reste combien de temps avant que la camionnette parte pour qu'on puisse prendre un petit rafraîchissement en terrasse ?

Le blond le toise, fâché :

— Vous plaisantez ? Ça fait deux heures qu'on vous attend ! Je devais terminer mon travail à dix-sept heures et il est dix-huit heures trente ! Vous ne savez pas lire l'heure ou quoi ?

C'est vrai que nous n'avons pas de montre. Sébastien baisse les oreilles. Nous, baissons les oreilles, et nous faisons profil bas tout le trajet. Le mec n'est pas content d'avoir fait du rab gratos pour deux petits cons, comme il le dira certainement à sa femme ce soir en rentrant. Énervé, il roule comme un taré. La camionnette est bringuebalée dans tous les sens parce que le terrain n'est pas très plat, il est même semé d'embûches. Alors on s'accroche et comme les routes sont très étroites dans les montagnes, on ferme les yeux. Sébastien et moi nous pensons la même chose. Toutefois, pour éviter de contrarier notre chauffeur fou, nous ne disons rien.

Nous sommes en tort, de toute façon.

Ce qui ne m'empêche pas de glisser discrètement un reproche à Sébastien :

— Deux heures de retard, c'est un peu nos deux heures de sieste « indispensables » à ta récupération, enfin j'dis ça, j'dis rien.

Sébastien ne répond pas.

Quand je pense qu'il a eu le culot de demander au mec si on pouvait tranquillement siroter un perrier citron !

C'est l'avant-dernier jour des vacances. Nous nous endormons assez rapidement, épuisés par cette longue, belle et pour finir, rocambolesque traversée.

Demain matin, il faudra tout désinstaller, pour quitter le camping avant midi. Nous quitterons le camping, seulement, pas le département, parce que, rappelez-vous, Sébastien a pagayé pendant huit heures en plein cagnard sans mettre de crème solaire.

****

— Bon, alors, ça avance ton histoire ?

— Ouiiiii ! Ça y est, il m'a dit qu'il venait ce week-end. Tout un week-end, tu te rends compte ? Depuis le temps qu'on ne s'est pas vus, ça va me faire trop bizarre !

— C'est vrai ?

— Oui. Enfin, j'attends qu'il confirme, peut-être qu'il va arriver vendredi soir en fait.

— Ah, top ! Tu me raconteras. Sinon, quoi de neuf ?

— Je me suis fait livrer des fleurs aujourd'hui.

— C'est lui ?

— Non, j'étais trop déçue.

— Ah merde (rires). C'est qui, du coup ?

— Des roses de toutes les couleurs, dans une boîte Chantal Thomas. Quand j'ai vu le livreur avec la boîte, j'ai sautillé, je croyais qu'il m'avait fait envoyer un ensemble de sous-vêtements, j'aurais trouvé ça trop beau ! J'ai arraché le sac des mains du fleuriste, il n'a rien compris.

— Et c'étaient des fleurs !

— C'étaient des fleurs… avec une carte… de Tristan !

— Non…

— Si, c'était Tristan qui me les avait fait livrer pour me consoler de ma rupture. J'étais trop déçue. Je te jure j'ai rappelé Tristan pour lui dire merci, j'ai dû faire ma contente mais j'étais dépitée…

— Ma pauvre.

— Et ça va mieux ?

— Non, il ne m'a toujours pas appelée, je regarde mon téléphone toutes les cinq minutes, je suis trop impatiente et tout excitée à l'idée de ces retrouvailles. C'est peut-être le début de quelque chose, un renouveau, quoi ? J'aurais eu une vie coupée en deux : une vie avant le confinement et une vie après le déconfinement, une vie d'avant avec lui, et une vie d'après avec lui. Franchement, ce serait trop beau !

— Mais tu n'écris pas un roman, là ! Tu ne peux pas savoir comment cela va se passer. Ne tire pas des plans sur la comète. Imagine qu'il n'ait pas changé !

— Ouais, je sais. Tu es chiante, tu casses tout, là…

J-2

****

Dernier jour de vacances. Centre Hospitalier d'Aubenas.

J'attends dans la salle d'attente qu'on me donne des nouvelles de Sébastien.

Il est tellement brûlé qu'il lui a été difficile de se déplacer jusqu'à la voiture. Je pense à lui, et je pense aussi à la toile de tente qu'il faudra que je démonte toute seule, tout cela pour une question de fierté masculine. De la crème, moi ? Non, je n'en ai pas besoin, je suis un homme, moi. Tu parles ! Un homme rouge comme une tomate pelée.

Il a le corps couvert de cloques, mais qu'est-ce que c'était moche ! D'un côté, j'ai mal pour lui, d'un autre côté, j'ai envie de rigoler. C'est horrible d'avoir envie de rire dans une situation pareille ! C'est pourtant une tendance naturelle que l'on appelle le *Schadenfreude,* ce qui veut dire *« joie du dommage »* ou encore *« joie maligne ».* Des chercheurs ont scientifiquement prouvé par diverses expériences que l'homme a une propension à rire du malheur des autres, que c'est encore plus vrai lorsque ces personnes sont des « cibles enviées », pour une raison ou pour une autre.

Je ne jalouse pas Sébastien, mais je ressens tout de même cette petite joie maligne.

Ses bras et ses jambes, parties du corps vertement exposées, sont toutes suintantes. Beurk !

Le voilà qui revient, tout entouré de bandage. Encore une fois, j'ai envie de pouffer de rire. Mon petit ami est momifié, je me retrouve dans la peau de mon ex-archéologue à l'ouverture d'un sarcophage.

La momie Sébastien a été découverte le vingt-six juillet 2012 dans les sous-sols de l'Hôpital d'Aubenas.

Je ne sais pas quoi dire, alors je lui demande juste si ça va. C'est très calmement qu'il me répond :

— J'ai une brûlure au deuxième degré superficiel, je vais en avoir pour deux-trois semaines au moins.

— Et tu vas garder tes bandages ?

— Quelques jours, oui.

C'est vraiment trop drôle, ne me prenez pas pour une sadique, surtout, mais, décidément j'adore conduire mes mecs à l'hôpital.

Le téléphone de Sébastien sonne. Bien sûr, garrotté dans son plâtre, il ne peut pas décrocher.

— Tu veux que je réponde ?

Je suis trop contente de répondre à sa place, de toute façon il n'a pas le choix, il n'a plus de bras. Pas de bras, pas de chocolat !

— C'est ta grand-mère.

J'ai grave envie de lui envoyer une photo.

— Allô ?

— Oui, bonjour Marie-Claude, c'est Sabrina, je réponds parce que Sébastien ne peut pas le faire, il sort de l'hôpital il n'a plus l'usage de ses bras, mais ne vous en faites pas, tout va bien. On retourne au camping là.

— …

J'ai appris plus tard que la mamie avait dit à sa fille que je ne prenais pas soin de son fils. Comme si c'était ma faute !

Une semaine de vacances pour trois semaines de convalescence, heureusement qu'il ne travaille pas.

En parlant de travail, les vacances nous ayant quand même coûté un bras (deux pour Sébastien). U+1F605 (Visage souriant avec une goutte de sueur), j'ai tenu à le faire participer aux frais, au moins pour le mois d'août, et je nous ai donc inscrit tous les deux aux vendanges chez mon oncle. Bien sûr, je prie pour ne pas y croiser Grégory, ce qui rendrait les choses un peu plus compliquées, quoique finalement je m'en fiche de ce mec puisque je suis pacsée (avec une momie mais pacsée quand même).

Pendant ces trois semaines, Sébastien est à l'article de la mort. « Un homme malade est un homme mort » selon le dicton. Les femmes savent que c'est vrai (les hommes aussi, mais ils ne l'admettront pas).

Puisque nous devons faire les vendanges à la fin du mois d'août, je n'ai pris qu'une semaine de vacances en juillet, et je dois donc me coltiner, chaque soir en rentrant du travail, mon petit ami momifié agonisant. Au début, j'ai pitié, je compatis, je prends soin de lui, puis, au bout d'un moment, avec la fatigue liée au travail, je ne réagis plus à ses lamentations, et même, je perds patience jusqu'à en devenir acerbe :

— Chériiiiiie ! J'ai mal !

— Ce qui ne te tue pas te rend plus fort !

U+1F914 (Visage en pleine réflexion). Il survivra.

****

Encore un peu de nuit, s'il vous plaît, un tout petit peu plus de nuits, je vous en prie, mais il ne fait plus nuit. Il ne fait plus nuit et déjà, le ciel est bleu, je vois ce ciel bleu, sans nuage, de mon lit à travers ma fenêtre à demi cachée par le gros rideau gris. La moitié qui reste nue est bleue, un bleu comme les bleus de Van Gogh dans sa période bleue, un bleu pas encore bleu jour. Le réveil a sonné à six heures. Habituellement, cela ne me pose pas de problèmes de me lever aux aurores, je suis matinale, mais cette aurore n'est pas la même que l'aurore d'hier ou d'avant-hier. Cette aurore est l'aurore de ma vie. Jour J. C'est ce soir que je le vois, ou plutôt que je le revois, ou que je le vois pour la première fois, puisqu'il se peut qu'il ne soit plus le même et que je ne le reconnaisse pas, que je ne le connaisse pas. Ce sera de toute façon la première deuxième fois.

Tant d'années ont passé, des années qui se sont écoulées comme les gouttelettes qui sortent de mes huiles essentielles quand je fais mes préparations de cosmétiques. Mais ces années-là, on ne peut pas les racheter. Le temps passe, c'est tout.

L'aurore d'un jour nouveau est différente, parce que j'ai trente-cinq ans, parce que je revois cet homme qui autrefois a bouleversé mon cœur, cet homme qui a vieilli lui aussi.

— J'ai été bête, il m'a dit.

— Nous étions jeunes, ai-je répondu.

Nous étions jeunes et nous sommes toujours jeunes, nous sommes toujours jeunes et nous avons envie, mais nous sommes vieux aussi, et nous sommes toujours bêtes, parce que toute notre vie nous ferons des choses bêtes.

Je m'assieds sur le lit et le ciel bleu n'est plus là. Je vois l'immeuble d'en face, sa façade blanche et saumon, une façade bien moche, alors je me laisse retomber sur le dos pour ne plus voir le bâtiment et pouvoir admirer de nouveau ce ciel bleu jour, aurore d'une vie nouvelle. Je m'étire, il faudra bien que me lève.

Comment vivre une dernière journée avant un événement attendu depuis des lustres ? Il y a des heures dans une journée. Que vais-je faire de toutes ces heures, comment les remplir, les tuer, les éliminer ? À notre époque, on tue le temps, on s'affaire, on essaie de gagner du temps. C'est pour cela que la vie passe vite. Ensuite, on se retourne et on se dit : « je n'ai rien eu le temps de faire », on n'a rien eu le temps de faire parce qu'on a voulu trop faire, alors que si on voulait « ne rien faire » on mettrait plein de choses dans ce petit rien.

Si je ne faisais pas de projet ? Si je laissais ma journée s'écouler à son rythme, à sa manière, sans « rien faire » pour que cette journée charnière dure et s'éternise, alors je m'en souviendrai comme ma dernière vraie journée avant mon déconfinement, pas le déconfinement de tout le monde mais le mien, celui où je commence à sortir de mon univers intérieur, fermé, égocentré, comme si cela devait être ma dernière journée avant le début de quelque chose de nouveau, de pur, de grand, de beau.

Aujourd'hui je ne ferai rien, rien d'autre que de penser à toi, à nous, à ce que nous pourrons être, à ce que nous pourrons nous dire, tout en sachant que rien ne se passera comme je l'aurai pensé, parce que rien ne se passe jamais comme on le pense et ça sert bien à cela de penser, à créer des choses, comme ce roman que vous lisez, que j'écris, parce que je pense et en ce moment je pense à cette soirée, donc en ce moment j'écris, je m'écris et je vous écris à vous aussi. Bref, dans ma tête tout devient brouillon, et je comprendrai si vous n'avez rien compris à ce qui précède.

Matin du Jour J.

****

Une nouvelle année – l'année 2013 – démarre et nous avons, chose assez remarquable, chacun un métier. Sébastien s'est inscrit (bon d'accord, je l'ai inscrit) en BTS négociation-vente et il a trouvé, bon d'accord, JE lui ai trouvé, un stage (chez un de mes clients).

Il alterne une semaine de travail et une semaine de cours, et, si l'école n'est pas loin (il faut compter vingt minutes en métro), il lui faut en revanche près d'une heure et demie de route pour rejoindre son entreprise.

Entre temps, il lui arrive quelque chose d'assez surprenant. Un soir, il rentre à la maison complètement affolé :

— Chérie, on a du carton ? Il me faut du carton !

Je lui donne un carton qui traîne et il découpe un rectangle.

— Un Véléda, tu as un Véléda ?

— J'ai un feutre noir.

— Oui, un feutre noir, c'est bien ça.

Il prend sa carte grise de véhicule, et il recopie le numéro de sa plaque d'immatriculation sur son bout de carton.

— Tu fais quoi, là ? Tu n'as quand même pas acheté une remorque ?

— Attends, attends. De la ficelle, tu as de la ficelle ?

— Euh… oui, j'ai de la ficelle de jute, mais pourquoi ?

En ce moment, je me suis lancée dans la fabrication des sacs portés épaule écolos pour une association. Je recycle les emballages des paquets de café et les sacs en toile de jute que je récupère chez les boutiquiers de la rue du rendez-vous. La ficelle me sert à fabriquer les anses de mes sacs de plage en toile de jute, mais je suis curieuse de savoir ce que Sébastien va en faire.

— C'est bizarre, ton truc, tu fais quoi là ?

— Descends avec moi !

Je n'en crois pas mes yeux. Le long du trottoir, la Peugeot 205 est complètement désossée.

— Il est où ton pare-chocs ?

— Tu ne vas pas me croire !

— Si, si, je vais te croire, puisque tu n'as plus de pare-chocs. Sébastien, dis-moi ce qu'il s'est passé.

Tout en attachant sa plaque d'immatriculation en carton, il commence le récit de ses pérégrinations.

— J'étais sur la rocade. Il y avait un barrage de grévistes, que les gens contournaient mais du coup, il y avait une queue pas possible. J'ai voulu forcer le barrage, ça faisait une heure que je roulais, je voulais rentrer ! Alors j'ai forcé le barrage.

— Tu as fait quoi ?

Je n'en crois pas mes oreilles.

— Mais tu es cinglé ou quoi ? On ne force pas un barrage.

— Oui, je sais, et en forçant j'ai fait tomber mon pare-chocs, ils l'ont attrapé et ils l'ont jeté au feu, ces cons, ils ont cramé mon pare-chocs !

Il me montre sa nouvelle plaque rafistolée, tout fier. J'ai honte. J'ai grave honte. Un couple passe à côté et nous regarde, médusé. Je le comprends.

— Et voilà, dit Sébastien, tout fier de lui, « made in china » !

— Non, non, non, non, Sébastien, arrête de sourire bêtement, c'est complètement ridicule, tu ne vas pas rouler comme ça, sûrement pas.

— Bah. Je n'ai pas le choix ! Ça me coûterait plus cher de me racheter le pare-chocs que la voiture et je n'ai pas encore de salaire. Et après tout, je suis bien rentré. Tu sais j'ai peur de rien, moi.

— Je vois ça, et c'est bien ce qui m'inquiète.

C'est à ce moment-là que je décide d'acheter une voiture, pour lui d'abord, pour qu'il puisse aller travailler, pour nous aussi, pour de prochaines vacances plus confortables. Une voiture dans laquelle je n'aurais pas honte de monter, qui fonctionne avec du diesel, pas de l'essence ni de l'huile de tournesol mais du diesel (en 2013, on ne parle pas encore beaucoup des voitures écolos, je précise, pour ceux qui sont écolos, ils sont nombreux et ils ont raison).

Le concessionnaire nous présente ses modèles de base, mais, après avoir réussi à obtenir un prix canon sur une petite Polo, mes yeux sont attirés par la carrosserie resplendissante d'une Opel Astra GTC sport. Je ne peux pas contenir mes émotions, je siffle, je craque et je finis par l'acheter, sans négocier, avec toutes les options. Si vous voulez négocier, ne montrez jamais votre enthousiasme à un vendeur : il saura que vous allez acheter, quel que soit le prix à payer.

C'est une règle de base. Tout le monde le sait. No comment.

J'espère que Sébastien prendra note. Personnellement, je me fiche pas mal du crédit que j'ai dû faire et qui va me coûter près de cinq cents euros par mois pendant sept ans, parce que c'est fait, et parce que j'ai la voiture de mes rêves (meilleur rapport rêve/budget, je précise). Sébastien gagne un petit salaire, à présent, et il participe de façon juste et équitable aux charges communes. Ma part du budget est passée de deux mille euros par mois (comprenant loyer, nourriture charges, transport) à mille quatre cents euros. Pour des non-parisiens, cela peut paraître énorme, alors je vais essayer de vous donner un « équivalent province ». En équivalent-province, mon budget mensuel est passé de neuf cents euros à six cents euros avec sa participation. Vous voyez, ça change tout ! En gros, à peu de choses près, la différence, c'est ce crédit voiture.

Une voiture sportive, une formation, un job, une femme géniale qui l'aime (sans me jeter de fleurs), on peut dire qu'il a de la chance notre Sébastien. La vie rêvée ! Nonobstant, notez un détail important : Sébastien n'est pas Charles Philip Ingalls. Il est émotionnellement instable et complètement imprévisible.

« Méfie-toi de l'eau qui dort » comme dit le proverbe.

Sébastien est éreinté. Il se tape trois heures de trajets par jour aller-retour, et il vit une cadence infernale, alors qu'il est chargé de vendre de la volaille au meilleur prix à des grossistes alimentaires qui veulent… acheter au meilleur prix. Son quotidien, c'est un peu la salle des marchés du poulet. Les protagonistes, acheteur et vendeur, ne se connaissent pas, mais ils se tutoient, ils négocient dans un langage familier, aucun des deux ne doit avoir l'impression de se faire entuber, ce qui est un exercice ardu puisqu'ils ont chacun des objectifs contraires. Dans le commerce, il faut vendre, vendre, vendre, toujours vendre plus, faire du chiffre, et marger aussi. C'est bien de répondre aux objectifs quantitatifs à court terme, mais il faut également que le client soit content pour qu'il revienne et qu'il commande plus de cette marque-là, ça c'est la qualité. Seulement, faire de la qualité quand on te demande toujours plus de quantité ce n'est pas chose aisée.

Quand il rentre, le soir je m'occupe de tout, je fais la cuisine, le ménage, je ne lui demande rien, juste de s'asseoir et de manger. Bien que les fauteuils de la voiture soient confortables, il se plaint de maux de dos. Je lui fais donc un massage quotidien, par très longtemps, une vingtaine de minutes, mais c'est suffisant pour qu'il se sente mieux.

Évidemment, moi aussi, j'ai des journées harassantes et rythmées, mais je n'ai pas trois heures de trajet par jour, l'épreuve des bouchons parisiens.

Je me motive en me disant que ça me fait travailler les bras à moi aussi parce que des bras de filles c'est un peu du chamallow, je parle de la partie arrière qu'on appelle le triceps, je crois, celle qui flotte quand on secoue le bras. Nous sommes nombreuses à connaître le problème, n'est-ce pas ?

Cela fait six mois que nous vivons à ce rythme et je m'en accommode plutôt bien, jusqu'à ce fameux jour où, en plein après-midi, je reçois un coup de téléphone de son patron.

— Oui ?

— Bonjour Madame. Monsieur Bertrand, directeur des ressources humaines chez Torréor. Je ne vous dérange pas ?

Je suis d'abord très étonnée de ce coup de fil impromptu, puis je me souviens effectivement avoir laissé mon numéro sur la fiche de renseignement dans les « personnes à contacter en cas d'urgence ».

Je sens l'inquiétude monter.

— Que se passe-t-il ?

Mon interlocuteur semble saisir mon angoisse.

— Non, rassurez-vous, rien de grave de votre côté, mais je voulais vérifier que tout allait bien, du vôtre ?

— Comment cela ?

— Votre fils n'est pas venu travailler depuis trois mois.

Ai-je bien entendu ? On parle bien de Sébastien, là ? Sébastien qui, ce matin encore, est parti, son thermos de café à la main, son lunch bag rangé dans le sac à dos, ce même Sébastien qui, hier soir encore, se plaignait de problèmes de dos à cause de ces longs trajets embouteillés, ce dos que j'ai massé énergétiquement, passant ma propre fatigue sous silence…

— Vous êtes sûr ?

— Oui Madame, vous semblez surprise.

À cet instant, la colère m'envahit, une vague subversive de ressentiment, de haine, de rage. Il s'est bien fichu de moi.

Il est dix-huit heures, je viens de rentrer. Sébastien doit prétendument « rentrer du travail » à vingt heures. J'ai hâte d'entendre ce qu'il aura à me dire !

— Je vais m'en occuper. Je vous remercie beaucoup pour cet appel, et je vous prie de bien vouloir m'excuser pour l'absence de « mon fils ».

Mon « fils » va se prendre un raz-de-marée sur la tête, il ne va pas avoir le temps de comprendre ce qui lui arrive.

La clef tourne dans la serrure, je l'entends poser ses affaires, ses clefs, son manteau. Assise sur le canapé du salon, je l'observe passer la porte du couloir. Il a l'air heureux.

En l'espace de deux heures, j'ai eu le temps de gérer mes émotions, de préparer mon texte. Depuis trois mois, je me fais avoir tous les soirs, il se moque de moi, il m'arnaque, profite de ma gentillesse, joue les imposteurs, les usurpateurs, les truands.

Ce soir, j'ai le pouvoir, j'ai le pouvoir parce que je sais. Je sais, et il ne sait pas que je sais. C'est une pièce de théâtre, du genre « ironie dramatique » qui va se jouer sous mes yeux, en totale improvisation. C'est à la fois déroutant et excitant, quelque peu effrayant aussi, parce que je ne sais pas encore, à ce stade, quelle tournure cela va prendre.

Il est allé beaucoup trop loin, et je doute qu'il ait de bonnes excuses.

Il pourra toujours essayer de rire, de faire le pitre, de me sortir une blague à la con, il va falloir qu'il s'accroche, je suis bien déterminée à mettre les points sur les i.

— Ça s'est bien passé ta journée ? je demande, toute mielleuse.

Mon « honnête » petit ami s'efforce de paraître épuisé. Tandis que jusque-là, sa fatigue me paraissait naturelle et légitime, dorénavant, je sais qu'elle est feinte et qu'il me prend pour une grosse quiche.

— Ben, tu sais, c'est dur, tu donnes le meilleur de toi-même, on t'en demande toujours plus, et ce soir, les bouchons sur le périphérique, une horreur !

— Oh, tu dois avoir besoin de te reposer…

— Je ne suis pas contre un petit massage.

Il sourit. Ce con sourit. Il ne sait pas que je sais qu'il simule, et il sourit, comme un débile.

Mon ton se durcit, mon humeur prend un virage à quatre-vingt-dix degrés.

— Sébastien, assieds-toi.

— Quoi ? Qu'est-ce qu'il y a ? Tu as tes règles ou quoi ?

— Cela ne me fait pas rire.

— Quoi ?

— Tu étais où ?

— Ben, au travail !

— Ta boîte m'a appelée.

Sébastien se décompose. Il devient plus blanc que blanc, ma question est aussi efficace sur le blanc que la lessive Omo.

— Tu as quelque chose à dire ?

— …

— Tu étais où Sébastien ?

C'est difficile de rester calme dans ces conditions. Pourtant, si je veux une réponse claire et sincère, il faut que je garde mon sang froid, mon sang qui était chaud tout à l'heure et qui est redevenu froid. Avec sa tête complètement paniquée, il me fait pitié, ça m'aide un peu à rester calme. J'ai le pouvoir, ce soir, je le tiens à la baguette, il s'est fait « choper » comme un petit animal traqué.

Il bégaie, perd ses mots, bredouille, finit par avouer :

— J'étais avec Cédric.

Après un court instant de silence, après une grande inspiration, je reviens à la charge.

C'est un véritable interrogatoire. Tel un délinquant pris en flagrant délit, il sait qu'il n'a pas d'autre choix que de me dire la vérité.

— D'accord. Les autres jours aussi ?

— Oui.

— D'accord. Qu'est-ce que vous faites toute la journée, avec Cédric ?

— On joue.

— De la guitare ?

— Oui.

— D'accord. C'est pour cette raison que ta guitare n'est plus ici, j'en déduis qu'elle est chez Cédric ?

— Dans la voiture.

— D'accord.

— Pourquoi tu la laisses dans le coffre de la voiture ?

— C'est parce qu'on joue dans le métro.

— Dans… ?

Je me lève d'un bond, furibonde :

— Tu es en train de me dire que j'ai passé mes débuts de matinée, et mes soirées à m'occuper d'un mec qui glande toute la journée dans les tunnels de métro ?

— Oui.

Je me prends la tête entre les mains, j'essaie de respirer, mais c'est fou comme émotion la colère, ça monte, ça monte, j'ai envie de l'étrangler, je *rêve* de l'étrangler.

— Non, mais tu te fiches de moi ? Tu réalises ce que tu m'as fait là ? Et comment tu fais pour continuer à me faire un virement depuis trois mois si tu n'as plus de salaire ?

Sa voix devient frêle, toute tremblante, les larmes commencent à lui monter aux yeux.

Il réalise enfin sa connerie.

— Ben, comme je ne payais pas d'essence, j'avais économisé un peu.

— Sur ton salaire d'il y a trois mois ?

— Oui.

— Écoute, Sébastien, je suis désolée, mais ce n'est plus possible, il faut que tu partes. Ma vie est devenue un véritable casse-tête, je ne supporte plus cette situation.

Voilà comment cette histoire se termine, je vous passe les détails de la séparation, ce n'est jamais agréable à vivre une séparation.

Pour résumer, Sébastien fait ses affaires, en me jurant qu'il va changer, et qu'un jour, il me reverra, que je pourrai à ce moment-là être fière de lui.

Après cela, je reste seule quelques mois, j'enchaîne quelques aventures sans lendemain, des histoires sans importance et, bien sûr, je retourne voir Grégory. Je suis amoureuse, il faut bien l'admettre. Lui n'a pas changé. Il n'a jamais changé. Je me retrouve très vite prise au piège de cette relation résolument improductive.

****

— Alors, tu te sens comment ?

— Stressée.

— Tu le vois à quelle heure ?

— Je ne sais pas, il ne m'a toujours pas répondu.

— Ah, zut, mais il fait quoi ?

— Je n'en sais rien !

— Tu fais quoi, pour t'occuper l'esprit ?

— J'écris.

— Ton roman ?

— Oui, mais j'ai encore perdu mon stylo plume, je n'aime pas écrire sans.

— Dans ton appartement ? Tu as cherché partout ?

— Évidemment que j'ai cherché partout, sinon je ne te dirais pas que je l'ai perdu, je te dirais que je ne l'ai pas cherché.

— Ça se défend.

— Du coup, j'en ai commandé un autre.

— Encore ?

— Oui, c'est le troisième en cinq mois, le jour où je vais les retrouver je vais ouvrir un musée du Lamy.

— Tu commandes toujours le même ?

— Oui, mais ça me fait bien chier, je commence à le compter dans mon budget mensuel, et là en ce moment, c'est un peu la dèche. Je calcule à l'euro près.

— Ben pour moi, c'est l'inverse, depuis que je suis en couple mon niveau de vie s'est élevé, je me sens trop riche !

— Oui, merci de me rappeler que c'est super d'être en couple.

— Ha, ha, excuse-moi, c'est vrai, mais tu vas peut-être trouver chaussure à ton pied, enfin, dans ton cas, récupérer tes vieilles chaussures. Tu penses vraiment qu'il a changé ?

— On verra bien. En tout cas, quand j'ai reçu les fleurs, à aucun moment je n'ai pensé que cela pouvait être lui !

— Tu me fais trop rire… j'ai hâte de savoir la suite.

— Moi aussi…

****

Septembre 2013. J'attends à la gare de Bercy l'arrivée de Grégory. Depuis plusieurs semaines, nous échangeons des textos toujours plus enflammés. Courts, mais enflammés.

Ses centres d'intérêt ? Je ne les connais pas. Ses habitudes ? Je ne les connais pas. J'imagine que sa vie est on ne peut plus simpliste. Synopsis : manger, boire, dormir.

Alors, quand je lui donne rendez-vous à la Gare de Bercy, je ne m'attends pas à voir apparaître un homme tout beau tout parfumé en costard cravates avec un bouquet de fleurs. Ça, c'est dans les films. Et j'ai raison.

Effectivement, fidèle à lui-même, Grégory arrive attifé d'un pantalon militaire et d'un t-shirt Nirvana, tout recouvert de bijoux en grosses mailles d'argent et cuir noir – colliers, bracelets, bagues – ornés de croix sombres ou de têtes de mort.

Hirsute, il porte une barbe de plusieurs jours, a les cheveux en bataille, et n'a pas maigri. Je me suis apprêtée, comme à mon habitude : jolie robe pull sous un manteau à col de fourrure, bottines à talon (bon compromis les bottines, chaussures classes et confortables avec lesquelles je peux tout de même marcher).

Ce soir, ô miracle, il m'invite au restaurant, c'est ce qu'il a proposé avant de venir, et, ô miracle, il me laisse le privilège de choisir le lieu.

— C'est vrai, je réserve où je veux ? Quel que soit le prix ?

— Où tu veux ! C'est moi qui invite.

Avant qu'il n'arrive, sans information sur son accoutrement, j'ai réservé dans un restaurant gastronomique réputé du seizième arrondissement.

Il ne me semble pas surpris, ni par le faste du lieu, ni par son emplacement privilégié (à deux pas de la tour Eiffel avec vue imprenable sur le monument), et il ne semble pas s'étonner non plus du complet décalage entre sa tenue vestimentaire et celle des autres convives.

Je ne sais pas ce que les gens peuvent penser, mais je sens (peut-être à tort ?) qu'ils nous regardent et nous jaugent. Au fond, cela m'amuse de les imaginer penser que je me suis payé un homme ramassé sur le trottoir avec sa barbe mal rasée et son pull de métalleux. Quoique les hommes de bonne situation ne sont pas toujours les plus présentables. L'habit ne fait pas toujours le moine et le monde grouille de fausses bures. Les apparences sont trompeuses.

Et s'ils se disaient que, justement, cet homme au look décalé était quelqu'un d'important. Ha, ha, je serais donc avec quelqu'un qui est arrivé à un stade où il n'a plus besoin de montrer qu'il a, qui assume qui il est.

Le serveur s'approche et demande si nous souhaitons commander. Là, c'est la chute ! La chute de Camus. Je sais qu'il va tomber et je ne fais rien, je ne dis rien pour éviter ça, passive et impassible :

— Je vais prendre une p'tite binouse, déjà. Tu prends quoi, toi ?

Gros yeux et froncement de sourcils du serveur, qui me regarde d'un œil compatissant. Je pince les lèvres et baisse les yeux en guise de réponse.

— Champagne, pour ma part, s'il vous plaît.

— Ah ouais, toi, carrément ! me lance Grégory devant un serveur ahuri.

— …

Nous discutons un peu plus que les fois précédentes.

Je sirote du champagne, il boit de la bière. J'opte pour une entrée à base de gambas et d'agrumes, il prend un foie gras, je choisis du poisson, il sélectionne une belle pièce de viande saignante, je termine sur un entremets au citron et il se gave de profiteroles.

Malgré nos différences, nous passons un excellent moment. Parce qu'il se montre plus volubile, qu'il s'intéresse enfin à ma vie, à mes passions, à mes émotions.

La question d'un après émerge, dans ma tête de femme sensible. Si c'était lui, l'homme de ma vie, cet homme si simple, si différent, pour lequel je ressens des émotions inédites, cet homme dont le regard m'intimide et me fait baisser les yeux, dont les avant-bras puissants, couverts de bracelets noirs m'impressionnent et me font frissonner d'émoi, cet homme dont le souffle me fait frémir et dont la présence m'apaise et m'adoucit ?

Cette question me taraude jusqu'à la fin du repas. Jusqu'au moment de payer l'addition. Grégory n'a pas sa carte. Depuis le début du repas, il *sait* qu'il n'a pas sa carte. Il sait que je vais payer la note, il ne dit rien. L'air serein, il commande du foie gras et choisit son plat, parmi les plats chers évidemment.

Trois cent vingt euros. Entre mes deux coupes de champagne (je ne compte pas sa « binouse », c'est cadeau), l'excellente bouteille de Chablis Grand Cru qu'il a descendue comme de la piquette, nos sélections « à la carte », nous en avons (j'en ai) pour trois cent vingt euros.

Il *sait* que je ne sais pas qu'il n'a pas sa carte et c'est encore pire que s'il n'avait, juste, *pas* sa carte.

— J'offre les boissons ! Je propose, toute guillerette.

On en a bien pour cent vingt euros de boissons, cela me paraît honnête de ma part, surtout qu'il ne m'a rien demandé.

Il regarde la note et la referme aussitôt, en pinçant des lèvres.

À ce moment-là, je comprends que quelque chose ne tourne pas rond. Son sourire charmeur s'évanouit.

— Tu n'as pas ta carte ?

— Je l'ai oubliée… je suis désolée, Sabrina.

Argh. Je m'étrangle.

Trois cent vingt euros. Je viens de m'offrir une soirée avec Grégory pour trois cent vingt euros. D'ailleurs, je peux ajouter quarante euros à la note du week-end, parce que le lendemain midi, comme il est toujours là, c'est encore moi qui paie ses sushis.

Trois cent soixante euros. J'aurais pu me payer une soirée avec un gigolo, un vrai, un beau brun musclé, tout luisant d'huile de monoï, qui m'aurait massée, qui m'aurait fait un vrai strip-tease, un boxer avec un vrai « Bogosse Inside », délicat, charmant et courtois !

Trois cent soixante euros… U+1F62D (Visage qui pleure à chaudes larmes).

Je le raccompagne donc le lendemain après-midi à la Gare de Bercy. Sans remords, sans affliction ni regret, allez hop ! Dans le train mon poulet-boulet ! Je ne souhaite plus le revoir. Trop, c'est trop.

Encore une fois, il ne me paraît pas plus affligé que cela.

Ce qu'il se passe, ensuite ? Bah, je fais une nouvelle rencontre, je me pacse, de nouveau, non en fait je fais deux rencontres, parce que je m'aperçois quasiment aussitôt après la signature de l'acte que je me suis trompée de partenaire de Pacs. Ça arrive, non ?

Non ?

En tout cas, chez moi, je veux dire, dans ma vie, ce sont des choses qui arrivent.

Laissez-moi vous raconter le quiproquo…

****

— Ça y est, on a reçu la caisse du chat ! Franchement, elle est énorme, je suis sûre que toi, pliée, tu pourrais y rentrer !

— Tu vas la mettre où ?

— Dans le salon, je pense, parce qu'il est grand notre salon, et c'est l'endroit où l'on passe le plus de temps, avec Vincent. Par exemple, là, quand tu m'as appelée, on était en train de jouer aux jeux vidéo.

— Oh, cool ! Vous jouez à quoi ?

— À Dofus, tu connais ?

— Oui, Sébastien a joué un moment. Il a même été champion international, et il a revendu son compte de jeu assez cher.

— Champion international, carrément ?

— Oui, tu sais, l'année où il glandait dans les métros. La journée, il jouait de la guitare, et la nuit il jouait à Dofus. Moi je ne disais rien, je pensais qu'il se détendait après le travail.

— Ha, ha, oui c'est vrai !

— Et vous allez faire quoi après ?

— Ben, cet après-midi, on va aller chez le médecin et il faut qu'on passe à la déchetterie. Une journée ennuyeuse, quoi, mais au moins on sort.

— Chez le médecin, vous êtes malades ?

— C'est horrible, j'ai des acouphènes et cela dure depuis des semaines. J'entends des sons aigus prolongés en permanence, et j'ai terriblement peur qu'il me dise qu'on ne peut rien y faire. Ça me gâche la vie ce truc-là, je m'en réveille la nuit, tu imagines ?

— Je vois bien, oui, j'en ai déjà eu mais ça a duré quelques heures à chaque fois, ça suffisait pour que j'aie envie de me taper la tête contre un mur, donc toi qui souffres depuis plusieurs semaines, j'imagine que ça doit être difficile. Pourquoi vous allez à la déchetterie ?

— La Ville a fermé le recyclage. C'est la grosse merde, on a des cartons partout là, il faut qu'on fasse au moins deux allers-retours. Tu me diras, ça nous occupe.

— Oui, enfin, t'as certainement d'autres occupations plus intéressantes que la déchetterie.

— Ouais, je me suis commandé un truc pas mal, *Wild Animal*, un livre avec un CD, parce que je me suis aperçue que j'aimais bien lire avec de la musique, en plus quand j'entends le morceau, après, je repense au passage du livre, et quand je relis le passage je repense au morceau c'est trop bien.

— Tu fais une association d'idées, c'est cool, moi je ne sais pas faire ça, quand je lis il me faut silence total, à la rigueur si je peux lire en pédalant, mais c'est tout ce que fais.

En revanche, je suis en train de regarder, là, et il n'est pas très bien noté sur internet, ton livre. Après, les avis internet, c'est à prendre avec des pincettes, on écrit souvent quand on n'est pas content.

— Je termine *Le Monde de Sophie* et après je m'y mets.

Vincent, lui, il lit Maxime Chattam, tu connais ?

— Je n'ai pas lu ses livres, mais je l'ai vu dans La Grande Librairie, il paraît qu'il a fait des études de criminologie pour écrire son dernier bouquin.

Sarah suspend la conversation pour demander à Vincent le titre du roman qu'il est en train de lire.

— Il est en train de lire *Carnages.*

— OK. Moi je suis en train de lire *Mrs Reynolds* de Gertrude Stein, il est difficile à lire et assez long, c'est un style particulier mais, je ne sais pas, les personnages me touchent dans leur simplicité, et il y a deux personnages mystérieux que j'essaie de saisir, peut-être qu'ils incarnent deux personnages réels de la

Seconde Guerre mondiale, il faudra que je creuse une fois que je l'aurai terminé.

— Sinon, tu fais quoi d'autre ?

— Ben, pas grand-chose, ah si tiens Nicolas est venu chercher ses affaires. Je lui ai volé deux pulls.

— Pourquoi ?

— Par principe. Je savais qu'il allait faire le tour de l'appartement alors je les ai cachés sous une pile de vêtements. J'ai gardé deux serviettes de toilette aussi.

— Par principe ?

— Oui. En revanche, lui, il m'a bien tout ramené, même les cadeaux que je lui avais faits, dont une chaîne en argent, une belle chaîne que je lui avais offerte pour la dernière Saint-Valentin.

— Tu vas en faire quoi ?

— La recycler. C'est l'anniversaire de mon frère dans une semaine. Comme je n'ai plus l'écrin, je vais lui dire qu'à cause du coronavirus, je ne peux pas aller à La Poste, et que je vais lui envoyer son cadeau glissé dans une enveloppe. Ça lui fera un beau cadeau !

— Tu vas offrir le cadeau de ton ex à ton frère ?

— Ben quoi, je ne trouve pas cela choquant. C'est un cadeau de valeur et je ne lui aurais jamais acheté un cadeau de ce prix-là, alors il est gagnant, ça lui fera plaisir. Ça me fait économiser cinquante euros, et cela a fait plaisir à mon ex de penser que me rendre le collier allait me faire chier ou m'affecter. On est tous les trois gagnants et tout le monde est content !

— J'adore ta façon de voir les choses.

— Moi aussi.

Je suis joyeuse, je souris. À chaque fois que je parle à ma copine Sarah, ça me détend, je suis bien et ça me met en forme pour le reste de la journée.

— Sinon, j'ai suivi ton conseil…

— Lequel ?

— De séduction.

— Oui, lequel ?

— Quand tu m'as dit qu'il fallait s'entraîner à regarder les hommes, que ça faisait du bien au moral quand tu regardais un mec qui, flatté, rougissait, baissait la tête et souriait, que parfois avec de belles personnes, c'était comme faire l'amour en un regard et que cela suffisait pour se sentir belle et bien.

— Ah oui ? Tu as vu, c'est cool, hein ?

— Non.

— …

— Non, parce que je l'ai fait, dans la rue, j'ai testé ta technique sur un vieux monsieur.

— Et alors ?

— Et alors ? Et alors il s'est arrêté, il s'est retourné et il est venu me parler. J'avais juste envie de lui dire « *ah mais non, monsieur, ce n'est pas le jeu, ça, ce n'est pas ça qu'elle m'a dit Sabrina* ».

Je suis morte de rire, elle ne peut pas faire les choses juste comme tout le monde, il faut qu'il se passe des trucs bizarres ! Je ne sais pas de quelle façon elle a regardé cet homme, mais ça ne devait pas juste être un regard intimidant.

Elle poursuit :

— Il m'a suivie, il me disait que j'étais jolie, il m'a harcelée pour savoir si j'habitais dans le coin. Il devait avoir soixante ans ! Je n'ai pas compris, pourquoi toi, ça marche, et moi pas ?

— Ha, ha, au contraire, ça a plutôt bien marché on dirait. Je ne sais pas, je suis désolée, tu dois dégager quelque chose…

(*Rires*)

— En tout cas, faut que je te laisse là, je vais aller faire à manger.

— Oh, tu es toujours pressée de raccrocher !

— Mais non, je t'ai dit, on a rendez-vous chez le médecin et faut que je fasse la vaisselle avant de faire à manger, et le ménage après aussi.

— Attends, ôte-moi d'un doute : la vaisselle, tu n'es pas censé la faire après le déjeuner ?

— Oui, bon, c'est la vaisselle d'hier soir, j'avoue, un petit relâchement, là…

Adrien

Mon troisième pacs est une grossière bévue.

Quand on approche de la trentaine, qu'on est une femme seule, célibataire, sans enfants, qu'on voit ses copines se caser, commencer à parler mariage et bébés, on se pose plein de questions existentielles, on se sent un peu mise de côté.

Même si je revendique ma liberté, mon indépendance, je ne veux pas finir vieille fille, robe et capeline noires, fauteuil à bascule, canevas à la main et chat sur les genoux.

Parfois, ce sont les autres qui provoquent ces images, avec toutes leurs questions, de vrais interrogatoires « *pourquoi tu es seule ? Réfléchis, creuse, tu dois avoir un problème quelque part* », « *vite, vite, le temps passe vite, ma fille, penses-y* », alors on ne sait plus bien si ces interrogations sont les nôtres ou celles de quelques autres. J'y pense, j'y pense, parce qu'on me force à y penser et voilà ce que ça donne : des cauchemars ; femme en noir, robe et capeline noires, fauteuil à bascule, canevas à la main et chat sur les genoux

Une fille célibataire de trente ans, c'est louche dans l'esprit des gens, ou bien il s'agit une fille à problèmes (genre comportement déviant, accro à la cocaïne, hystérique, nymphomane et j'en passe), ou bien il s'agit d'une fille trop coincée, c'est soit l'un, soit l'autre.

Une trentenaire sans enfants, ce n'est pas la norme pour les mamans, qui se sentent dans l'obligation morale de la mettre en garde. On les remercie au passage.

« *Attention, l'horloge tourne* »

Tic-tac, tic-tac, bizarre je n'entends rien.

« *Tu devrais sérieusement commencer à y songer* ».

Il faut vraiment que je me force à penser autrement, alors.

« *Sans enfants, ta vie n'est rien* ».

Sympa pour Simone de Beauvoir, Gertrude Stein, Arielle Dombasle… de grandes dames, des femmes magnifiques.

« *Tu vas te retrouver toute seule à Noël* ».

Comme toi une fois tous les deux ans, quand ton fils est chez sa belle-famille. Si ton fils te parle encore.

« *Tu vas le regretter* »

Quand ?

« *Tu ne voudrais pas qu'on te fasse des câlins* ? »

Et qu'on me dise « merde » au lieu de « merci », non, pas forcément.

Bon, d'accord, la famille c'est chouette, mais j'en ai une de famille, je suis une excellente tata, j'adore mes nièces, j'adore ma mère, aussi, malgré ses airs de bourgeoise coincée.

Devenir maman, oui, non, je ne sais pas, ça ne m'a jamais vraiment tenté.

Pourtant, on ne peut pas, quand on est une femme de bientôt trente ans et qu'on subit toute cette pression sociale, ne pas se poser la question. Et voilà où cela mène la pression sociale… on en arrive à mon histoire.

Tout commence par un déjeuner « arrangé ». Adeline m'invite au restaurant pour me présenter le fils d'une amie, un comptable de trente-deux ans répondant au nom d'Adrien.

Adrien est chauve, petit et trapu, il n'est pas, mais alors pas du tout, mon type d'homme. Nonobstant, Adrien est poli, bienveillant, galant et courtois, là-dessus, il n'y a rien à dire.

Adeline est venue accompagnée de son mec, qui est aujourd'hui son ex. La conversation est riche et intéressante, nous échangeons sur beaucoup de sujets. Adrien aime beaucoup la photographie, nous parlons de David Wojnarowicz, de Peter Hujar, de Sally Mann, et d'autres photographes moins connus. C'est très difficile de trouver des amateurs d'art photographique, c'est une passion que j'ai toujours eu l'habitude de vivre seule.

— Il y a justement une exposition sur Garry Winogrand, au Jeu de Paume, en ce moment.

— Oui, j'ai vu cela, je n'ai pas encore pris mon billet.

— Et si nous la faisions ensemble ? Nous pourrions partager nos impressions ? Je vous invite !

— Avec grand plaisir.

C'est ainsi que notre relation commence. Un déjeuner avec ma copine, suivi d'une exposition photo l'année 2014.

Je n'ai pas grand-chose à raconter sur ma vie avec Adrien, elle était plutôt calme, posée, linéaire, linéaire, linéaire… pas du tout excitante, en fait.

Adrien m'adore, pour lui, je suis sa nymphe, sa naïade, sa sylphide ! Il me compare aux muses des grands poètes et des artistes de la renaissance italienne, il use et abuse de métaphores et d'hyperboles, mais c'est tellement lyrique, tellement beau ! Je me sens vraiment flattée, je gagne en assurance à ses côtés.

Nous passons nos week-ends dans les musées, à parcourir les expositions, à Paris, ou en province.

Nous allons souvent à la mer, sur la Côte de Granite Rose. Adrien possède un appartement secondaire à Saint-Cast-le-Guildo. J'aime bien aller là-bas. Je me lève à l'aube et je cours en admirant le lever du soleil le long de la grande plage. Puis, je grimpe la Côte pour descendre par le feu du port et repasser le long de la plage une fois le jour levé.

Nos séjours à la mer sont reposants, vivifiants. À cette époque, je mène une vraie vie de parisienne.

Nous finissons par nous installer ensemble, chez lui. Il est propriétaire d'un trois-pièces situé rue Saint-Antoine (près de mon ancienne rue), un appartement idéalement placé à proximité des lignes 1, 5 et 8 du métro Bastille.

Son logement est super pratique, avec des placards partout. Sans hésiter, je mets mon propre appartement en location meublée sur un site de petites annonces. Il se loue évidemment très rapidement, au prix souhaité.

Bon prince, Adrien ne veut pas que je participe aux frais ! Une femme doit pouvoir se faire plaisir. Ce que j'appelle l'esprit « Jean-Philippe ». La vie rêvée pour une jeune femme. Libre de disposer d'elle-même et de *tout* son argent. Que demander de mieux ?

J'ai un petit ami romantique, attentionné, qui m'emmène profiter de l'air frais de la Bretagne presque tous les week-ends. Où est le problème, vous me direz ?

Le problème, c'est que je ne rêve pas, je ne rêve pas parce que je ne l'aime pas vraiment. Cette vie, je l'ai choisie parce que c'est justement la soi-disant vie idéale, et honnêtement, je ne me suis jamais autant fait chier que pendant ces deux années !

Pas de dispute, pas de gag, pas de rebondissements, tout est calme, plat, linéaire, linéaire, linéaire. Pour couronner le tout, alors que je ne me projette pas du tout dans cette vie pépère, pantoufles et marché le dimanche matin (et si c'était ça la vie en robe et capeline noires… ?), Adrien parle mariage, enfants, il ne jure que par ça !

« *Quand plus tard nous aurons des enfants* ».

Comme il voit que je ne réagis pas, que je ne rêve pas avec lui, et que je commence sérieusement à m'ennuyer, il fait comme tous les hommes dans ces cas-là, il fomente de me mettre les boulets au pied, c'est-à-dire la bague au doigt.

C'est un soir et il fait frais, je ne peux pas dire si c'est le printemps ou l'été parce qu'en Bretagne, il fait toujours la même météo (*je précise aux Bretons que j'adore la Bretagne ! Je ne veux pas de problèmes avec les Bretons*). Il m'amène dîner dans un excellent restaurant de fruits de mer en bord de mer. J'adore le poisson et c'est en Bretagne qu'on mange les meilleurs poissons (*et les galettes saucisses et les Kouign-amann*) !

À la sortie du restaurant, nous nous baladons sur la plage, je le sens un peu sur la réserve, tendu.

Alors, il me prend par la main et il me dit :

— Viens ! Vite, viens, il faut que je te montre quelque chose.

Nous remontons dans la voiture, direction la Pointe de la Garde, marchons un peu, puis, juste sur la Pointe, il s'agenouille.

Le vent frappe fort et il fait froid. Il est en train de me demander en mariage. Je ne porte qu'un blouson léger, je suis congelée et j'ai hâte de remonter dans la voiture pour me réchauffer. Malgré le paysage idyllique et la vue à couper le souffle (*ô beauté de la Bretagne !*), je ne pense qu'à rentrer me mettre au chaud.

Voilà restitué en quelques lignes le « doux » souvenir de mes fiançailles.

Fiançailles, mais pas seulement. Le mariage, c'est dans un an. Pour mon prince impatient, un an c'est long. Adrien tient à se pacser. Son argument : après tout, je l'ai déjà fait à deux reprises, pourquoi pas trois ? Cela se tient…

Nous programmons la date du pacs trois mois plus tard, le temps de faire les papiers (*et c'est reparti !*). Adrien s'emballe vite et parle de notre mariage à tous nos proches. Hey, à la molle eau mon gars ! Mollo, mollo, please… mollo… À l'eau ! Allô ?

****

— Allô ?

— Tu ne devineras jamais ce qui m'est arrivé, dit Tristan.

— Non, je ne devinerai pas, alors dis-moi.

— Ben, tu sais, hier, on n'avait plus de farine.

— C'est compliqué d'en trouver, de la farine, c'est une denrée rare de nos jours.

— Oui, Romain voulait faire un gâteau, parce qu'il dit qu'il n'a que ça à faire, parce que c'est son kiffe, aussi. Depuis le début du confinement, il nous fait un gâteau par jour, on ne l'arrête plus ! Alors j'ai pris mon vélo pour aller au supermarché, je n'allais pas prendre la voiture juste pour un kilo de farine. Sur le parking, il y avait beaucoup de vélos, très peu de voitures et beaucoup de vélos.

— Les gens se sont habitués à prendre le vélo pendant le confinement.

— Je ne sais pas. Toujours est-il que je finis par trouver une place, j'accroche mon cadenas sur le porte-vélos, je pars faire mes courses, j'achète mon kilo de farine, et je ressors tranquillement. Je me dis « *cool il fait beau* ». Et là, au moment de récupérer mon vélo, je m'aperçois qu'une connasse – excuse-moi du terme – a accroché son vélo avec le mien !

— Ah mince, la poisse, dis-je en riant.

— Oui, parce que si j'enlevais mon vélo, le sien venait avec !

— Ha, ha, ha.

— Je retourne à l'accueil du supermarché, et je demande qu'on passe une annonce « *la personne qui a attaché son vélo avec un autre vélo est priée de se rendre à l'accueil. Il s'agit d'un vélo de ville bleu ciel avec panier, de marque Peugeot* ».

— Ce n'est pas vrai ? C'est un gag ?

— Non, je te jure que c'est vrai. J'attends et personne ne se présente. Je retourne vers mon vélo, et je poireaute à côté. Au bout de vingt minutes, la propriétaire finit par arriver. Elle décroche son vélo sans rien dire. J'étais en train de fumer ma troisième clope, tellement je perdais patience. Je lui dis : « *ah, c'est à vous ? Vous n'avez pas entendu l'annonce de l'hôtesse ? Cela ne vous gêne pas, vous, d'accrocher votre vélo avec celui des autres ?* ». Tu sais ce qu'elle me répond ?

— …

— Elle me répond, avec une arrogance à la limite de l'insolence : « *ben vous n'aviez qu'à enlever ma roue !* »
Je suis morte de rire. Le rire étant communicatif, Tristan commence à rigoler aussi.

— C'est énorme !

— Oui, hein ? C'est incroyable quand même ?

— Elle avait quel âge ?

— Eh bien, justement, c'était une petite mamie, je ne pouvais rien dire, je les respecte les personnes âgées, moi.

— Oui, mais quand même elle s'est bien fichue de toi. Excuse-moi de rire comme cela, mais c'est trop drôle !

— Surtout qu'elle a récupéré son vélo en pestant contre moi, genre c'est moi le coupable !

— Ben oui, tu râles au lieu d'attendre en levant la papatte.

— Les personnes âgées, elles se croient tout permis.

— Certaines, oui, tiens, hier par exemple, j'ai tenu la porte à une mamie qui tenait une canne d'une main et poussait son caddie de l'autre, elle devait avoir quatre-vingts ans, je lui dis : « *il ne faut pas toucher les portes, madame, il faut mettre un masque, faire attention, vous protéger* », c'est alors qu'elle s'approche de moi, elle met bien sa tête vers moi et elle me dit : « *ah, mais ce n'est pas grave, je viens de l'avoir, le COVID !* ».

— La garce !

— Oui, je ne sais pas si c'est vrai ou si elle l'a fait exprès, mais je suis comme toi, je suis sympa avec les personnes âgées, moi, alors je me suis juste sentie con, et si de nouveau je croise un vieux, je lui tiendrai la porte.

— Regarde sur YouTube, « *Complot de vieux made in Groland* ».

Trois minutes plus tard, après un gros fou rire, je me dis que je ne verrai plus jamais nos ancêtres de la même façon, et que ce n'est pas mal du tout d'être une personne âgée, quand il n'y a pas de drame sanitaire, il y a moyen de bien s'éclater !

— Et alors, tu en es où avec…

Costantinos (alias Costas)

Le jour du Pacs approche, jour fatidique, nous avons rendez-vous au tribunal d'instance dans trois semaines, et je sais d'avance comment cela va se dérouler. Aller au tribunal d'instance, à force, c'est comme aller à la piscine ou au supermarché. J'entre, je dis « bonjour », je m'assieds, je me lève, je signe le papier, je dis « merci », « au revoir », rien de bien différent à part l'inscription nouvelle sur mon certificat de naissance, nouveau pavé qui apparaît sous les deux précédentes inscriptions et les deux précédentes désinscriptions.

Adrien respire la forme, sautille de joie, n'arrête pas de me dire : « *tu te rends compte, dans trois semaines, nous serons pacsés ; tu te rends compte dans deux semaines, nous serons pacsés ; tu te rends compte dans une semaine…* » Une semaine, oui, je sais, merci, une semaine et cela ne change rien, je suis limite blasée, « *tu te rends compte nous allons nous marier. Il faudrait peut-être commencer à réserver la date, pour réserver la salle ?* », Seigneur aidez-moi, j'ai fait une bêtise… ça y est, nous en sommes à une semaine. VDM.

Dieu m'a entendue.

Je me suis inscrite dans une salle de gym gérée par une association tenue par des mecs tout en muscles. C'est une salle très masculine, qui sent l'homme et qui est pleine d'hommes balaises, il n'y a pas beaucoup d'adhérentes femmes. Je me sens bien parmi les hommes, parce que je suis sportive et que je n'aime pas ces salles remplies de gonzesses qui papotent et qui squattent des machines à charges guidées pendant une heure parce qu'elles font dix répétitions tous les quarts d'heure en écrivant des textos. Les mecs, eux, ils ne te font pas chier, ils sont là pour s'entraîner. Ceux qui vont à la salle pour draguer ne vont pas dans une salle de musculation associative où il y a dix femmes sur trois cents inscrits. Là-bas, je suis bien, je suis tranquille. Le paradis du chocolat en tablettes.

Bien évidemment, dans un tel contexte, une rencontre peut quand même vite arriver. Depuis quelques semaines, un jeune homme typé à la peau brune et aux yeux noirs, peau lisse et muscles saillants, me lance des regards furtifs. Lorsque je réponds à ses œillades, il sourit, intimidé, et je trouve ça terriblement craquant.

Je me dis que ces échanges distants, presque platoniques, sont innocents. Après tout, c'est juste un type qui fait de la muscu et dont j'admire, de ma rambarde, stratégiquement positionnée sur un vélo d'appartement donnant vue sur la cible, le corps sculpté qui s'exerce en bas sur les bars à traction de la cage de musculation. Qu'y a-t-il de mal à cela ?

Dans la vie, on ne maîtrise pas toujours tout. Souvenez-vous de Sarah et du regard lancé au vieux badaud. Un homme qui sent qu'il plaît a beau être farouche, il gagne en assurance, il bombe le torse, la force est avec lui.

Je guigne dans sa direction. Lorsqu'il capte mon jeu, il sourit et je baisse les yeux. La même chose se passe en sens inverse. Regards furtifs de son côté et sourire assertif du mien. Ô joie de la séduction ! Sensualité des gestes mesurés, des attitudes damasquinées.

Plus nos yeux se parlent, plus ils se connaissent et plus ils se connaissent, plus ils ont besoin de se parler.

Un jour, le tumultueux jeune homme au regard de braise quitte sa cage, monte les escaliers et vient pédaler à mes côtés.

Je sens sa présence imposante, sa présence qui me trouble. Je repense de nouveau à ces vers de Phèdre :

« *Je le vis je rougis, je pâlis à sa vue*
Un trouble s'éleva de mon âme éperdue
Mes yeux ne voyaient plus, je ne pouvais parler,
Je sentis tout mon corps et transir et brûler ».

Comme il est bon de ressentir à nouveau ces choses-là, cette attraction irrésistible pour laquelle vous vendriez votre âme en moins d'une minute…

Ce jour sonne le début de quelque chose, parce qu'après nos yeux, se sont nos bouches qui se mettent à parler, et nos bouches se mettent progressivement à faire autre chose que parler.

Rendez-vous dans des endroits discrets pour quelques baisers furtifs et brûlants, frustrant feu ardent qui voudrait s'étendre et tout incendier.

J-6. Je me pacse dans six jours et mon cœur bat, il bat pour ce grec à la peau nacrée qui n'attend qu'un mot de ma part pour me posséder, ce qu'il va faire, précisément la veille exacte de mon rendez-vous de Pacs.

Le jour du Pacs, je suis là mais je ne suis pas là. Je suis présente, mais je suis absente. Je me pacse avec la mauvaise personne, youpi yeah !

— Tout va bien, ma chérie ?

— Oui, oui, tout va bien. Ne t'inquiète pas, je suis juste un peu fatiguée.

VDM.

Je signe mon contrat de Pacs, c'est comme signer un chèque en blanc.

Comme toujours, ma vie suit tranquillement son cours et moi je suis juste dedans, je suis le courant. J'ai parfois cette sensation étrange d'être comme un personnage ajouté dans un décor, un pantin articulé marchant au milieu d'une carte postale, spectateur d'un monde qui le dépasse. Mon corps est là, mais pas ma tête. Mon esprit vague et divague.

Cette déréalisation est aussi une façon de prendre les choses plus à la légère. Rien n'est vraiment très grave, parce que ces choses se vivent avec moi mais sans moi.

Prendre les choses à la légère : force… ou faiblesse ?

À partir du jour de notre Pacs, je ne laisse plus Adrien me toucher, je suis fidèle à Costantinos. Je ne veux pas tromper mon amant avec mon copain. C'est embêtant…

Les jours qui suivent sont à la fois difficiles et terriblement excitants. Costas et moi nous nous donnons rendez-vous au café chaque soir après nos entraînements, et nous nous voyons plus longuement, chez lui, le samedi matin, jour de mon entraînement virtuel…

Costas vit dans un studio près du BHV dans le Marais, un studio de dix-huit mètres carrés bien suffisant pour une personne. À deux, c'est un peu plus compliqué.

Les choses se gâtent à la maison, puisqu'Adrien et moi n'avons plus ni contact charnel ni discussion intellectuelle. Il me reproche d'être addicte au sport (*tu m'étonnes !)* et de ne plus faire que ça. Il a entièrement raison, mais je ne veux pas lui dire que j'ai rencontré quelqu'un, je veux qu'on se sépare, mais pas ainsi, parce que je sais ô combien il est attaché à moi et que je ne veux pas le blesser.

Il n'accepte pas la rupture, et il fait comme toutes les personnes qui sont confrontées à la rupture : il entreprend son pèlerinage vers la reconquête.

Il pense qu'il va me récupérer en redoublant d'attentions, comme on capture un Pokémon, moi je sais qu'il ne peut rien faire parce que je ne ressens plus rien pour lui. Plus rien du tout.

Les psychologues disent qu'il y a plusieurs phases dans la rupture amoureuse, certains parlent de trois, quatre, ou sept phases.

Personnellement, je ne suis pas psy, et heureusement, vous l'aurez compris, mais, dans mes expériences, je compte trois phases : le déni, l'intériorisation et la colère.

En phase une, la personne quittée ne veut pas accepter la rupture. Si les choses sont cassées, il suffit de les réparer, la « demande de rupture » est interprétée comme un signe d'alerte, le partenaire nous prévient qu'il faut réguler et recadrer la situation. C'est ce qu'on appelle un aveuglement, un déni, parce qu'il n'y a rien de plus clair dans « je ne t'aime plus » ou « je te quitte ».

La personne veut alors ouvrir la discussion.

En phase deux, celui des deux qui est laissé sur le carreau morfle, il s'interroge « *qu'ai-je fait ou que n'ai-je pas fait ?* », il prend tout sur lui « *tout est ma faute, je n'ai pas fait ce qu'il fallait, je n'ai pas été celui ou celle qu'il fallait* », c'est la phase d'intériorisation.

La personne veut changer, subir une transformation, et c'est parfois assez théâtral. Votre homme devient, en quelques jours, l'opposé même de ce qu'il était. Attention, l'instinct de survie fait des êtres humains d'excellents illusionnistes.

En phase trois, en phase terminale (*ça fait peur, dit comme ça*), la personne réalise que la décision du partenaire est ferme, et qu'elle ne pourra rien y faire, rien y changer. Malheureusement, cette phase, la plus désagréable à vivre, est incontournable. Reproches sur le passé, sur le présent, insultes voire dégâts matériels, sont des symptômes de cette phase, effets indésirables de la rupture.

C'est en phase trois que je prends la poudre d'escampette. Comme je ne peux pas récupérer mon appartement, puisqu'il est occupé par mon locataire, je prends toutes mes affaires, fermées dans de grands sacs poubelles, et je les amène chez Costas. Et des affaires, je peux vous assurer que j'en ai beaucoup !

La vie de Costas se retrouve soudainement complètement chamboulée. On ne peut pas avoir le beurre et l'argent du beurre, mais comme il le dit lui-même : *« après tout, il faut que j'assume puisque c'est moi qui t'ai volée. Volé, le petit bout ! »*.

Avec l'argent qu'Adrien m'a reversé pour le rachat inéquitable (en sa faveur) de quelques meubles que nous avions achetés ensemble (bien en dessous de leur valeur), je veux faire un beau cadeau à mon amant, pour fêter mon emménagement chez lui, et la rupture de mon troisième pacs. Je décide donc de lui offrir un voyage à Venise.

Adrien nous a offert un beau cadeau.

Nous partirons du 15 au 22 mai 2016, et je m'occupe de tout.

— Tu connais Venise, tu sais quoi réserver ?

— Non, mais je t'invite, c'est mon cadeau, tu ne t'occupes de rien, je gère tout.

— OK, tu as l'air sûre de toi, je te fais confiance.

LOL.

****

Plus qu'une petite heure… plus qu'une toute petite heure et encore toute une heure avant qu'il n'entre, avant qu'il ne passe la porte, mon corps est impatient et mon âme se morfond.

J'ai rangé, nettoyé, astiqué mon appartement de fond en comble, ensuite j'ai fait la même chose avec moi : lavage, crémage, maquillage et parfumage. Je me mets une pression folle, comme si mon avenir allait se jouer dans une heure, cette heure qui me semble être à la fois la plus courte et la plus longue de toute ma vie. En une heure tout peut commencer, en une heure tout peut finir aussi.

Que va-t-il se passer ?

Je suis passée à la librairie tout à l'heure, et je n'ai pas pu m'empêcher de lui acheter un cadeau. « *Le voyage de Marcel Grob* », une bande dessinée inspirée d'une histoire vraie qui a eu lieu dans les années 40, que j'avais lue chez une amie et qui m'avait beaucoup plu. Grégory adore les livres de guerre. Je n'aurais pas dû, je sais, je m'étais promis de ne rien dépenser pour lui, mais c'est plus fort que moi, il faut que je fasse plaisir.

J'ouvre le dernier roman de Gertrude Stein à la page 153, où j'en suis restée la veille. Le roman est à la fois simple et compliqué, il faut être concentré pour le lire mais même si je lisais une bande dessinée des Schtroumfs cela me paraîtrait aussi complexe. La vie de Mrs Reynolds est tout ce qu'il y a de plus banal, comme la vie que je menais avec Adrien, à la différence près que Mrs Reynolds aime Mr Reynolds (enfin, il me semble, mais au fond, seule Gertrude le sait) tandis que moi, je n'ai jamais aimé Adrien.

Ma tête est ailleurs, ma tête est là et ailleurs aussi, j'ai oublié ma tasse de thé dans le micro-ondes, il faut que je la fasse réchauffer. Cela me fera du bien une petite tasse de thé.

Une heure et tout (re) commence… ou pas.

Une heure, déterminante.
Une heure, angoissante.
Une heure, torturante.
Une heure, méchante !

****

Avec Costas, nous formons un couple mignon. Un couple mignon, c'est un couple qui a son propre langage et ses petits trucs mignons. Nous, on se donne des surnoms mignons : « *pitit bout* » et même, ce « *pitit bout* », il faut se le dire avec une intonation particulière, en insistant sur les i, surtout le deuxième, et cela donne : « *piitiiiiiiit bout* ». Souvent, on s'appelle trois ou quatre fois, et à chaque fois, les « i » s'allongent. « *pitit bout, pitiiit bout, pitiiiiiiiiiiiit bout* ». Notre mascotte, c'est le poussin, on met du poussin partout, même dans des chansons, ce qui les déforme un peu, et ce qui fait que le poussin peut se retrouver avec des facultés qu'on ne lui connaît pas.

Par exemple, le poussin nage « *Un pitit poussin, dans l'eau, nage, nage, nage, nage, nage, un pitit poussin, dans l'eau, nage aussi bien que les gros* ».

Et aussi, le poussin use : « *Un pitit bout de poussin, ça use, ça use, un pitit bout de poussin, ça use soir et matin* ».

Ce langage, que nous sommes les seuls à maîtriser, nous l'utilisons de plus en plus, au quotidien, pour finir par ne plus parler qu'en poussin.

Dans notre petit monde à nous, le stress n'a pas sa place, et c'est pour fuir l'anxiété que nous partons à Venise, entre poussins.

J'ai réservé un vol, départ à cinq heures du matin de l'aéroport de Paris Charles de Gaulle. La veille, nous fêtons l'avant-départ autour d'un apéritif, et d'un repas lui aussi largement arrosé. Notre dîner se termine tard. Vers une heure du matin, après de longues tergiversations, nous décidons de ne pas dormir du tout, de crainte de ne pas nous réveiller (ce serait bête quand même de fêter le départ et de le louper). Nous décidons de partir aux environs de quatre heures, en voiture, pour l'aéroport. Nous laisserons la voiture au parking.

À quelques bornes de l'arrivée, nous nous apercevons que nous n'avons presque plus d'essence. Angoissée à l'idée de tomber en panne, j'insiste pour que Costas fasse le plein, mais il refuse, catégorique.

— Tu te stresses pour rien pitit bout. On en a encore pour plus de trente kilomètres en réserve.

Il a raison, mais quand je vois la jauge dans le rouge, c'est plus fort que moi, je panique.

Ce doit être la couleur qui me fait cet effet. Le rouge est un signe d'alerte, c'est une couleur qui fait peur, la couleur du sang, du feu-stop, la couleur qui dit « stop, on arrête, on s'arrête ». Ça s'applique à tout, même au sexe : si les règles sont là… pas de sexe.

Le réservoir se vide, et à l'arrivée, ça clignote bien rouge.

On se gare, on fera le plein au retour. Costas est confiant, il y a beaucoup de stations essence autour. J'en ai vu une par loin, ça me rassure.

Une fois à l'aéroport, les galères commencent. Nous n'avons pas pesé nos valises et la mienne dépasse. Nous nous retrouvons à ouvrir nos bagages en plein milieu de l'aéroport, comme des abrutis, pour déverser une partie du contenu de ma valise dans celle de Costas, qui a encore de la place.

C'est la première épreuve de notre séjour qui, soit dit en passant, n'a pas encore commencé.

Parce qu'il y a une seconde épreuve, qui s'appelle le « contrôle aléatoire ». Avec les attentats terroristes, les aéroports redoublent de vigilance. Seulement voilà, le contrôle n'est pas si aléatoire que l'on voudrait l'entendre, et mon Costas, avec ses gros bras musclés, sa peau nacrée, ses cheveux noirs bouclés, et ses bras recouverts de tatouages, est coutumier de ces inspections opérées « au hasard ».

Alors que je passe tranquillement la sécurité, avec une bombe lacrymogène oubliée dans mon sac à main, mon Costas va rester bloqué vingt minutes, le temps d'une fouille complète et approfondie. Il ne soupire pas, il s'y était préparé. Bon, ça l'a agacé un peu, quand même :

— Aléatoire mon cul !

— Oui, j'avoue.

Fort heureusement, le trajet se passe bien. Nous somnolons un peu dans l'avion, mais le vol est très court, trop court pour pouvoir vraiment dormir. Alors, nous nous consolons en nous disant que nous dormirons une fois arrivés à l'hôtel. Nous visiterons Venise plus tard, quand nous aurons récupéré le sommeil en retard.

Pour des questions d'arbitrage budgétaire, j'ai réservé un hôtel à Mestre, banlieue située à quinze kilomètres de Venise, soit à cinq minutes en transports en commun.

J'ai absolument tout planifié, et ce « tout » est paramétré à la perfection : nous enregistrerons à onze heures, nous dormirons jusqu'à dix-huit heures, puis nous sortirons à Venise. Là, nous flânerons dans la ville et lorsque nous voudrons nous reposer, nous nous arrêterons pour dîner.

Quoi de plus beau que de visiter une ville comme Venise dans la nuit éclairée ?

Ça, c'est le plan. Le plan A. Il n'y a pas de plan B.

Costas me laisse gérer le planning.

Il ne devrait pas.

Parce qu'il y a une chose sur laquelle je me suis bien plantée, et une autre chose que je ne maîtrise pas. Vous devinez ?

Vous allez comprendre.

Si le transport aérien se passe bien, nos galères de séjour commencent avec le car. Heureusement, nous prenons la bonne ligne. Le bus doit nous arrêter à deux cents mètres de notre hôtel.

J'ai réservé un bel hôtel. Les hébergements sont moins chers à Mestre et j'ai pu respecter deux de nos principaux critères, critères de sportifs addicts : une salle de gym complète avec poids libres et machines à charges guidées, et un petit-déjeuner buffet riche et varié.

Une fois parvenus à destination, nous appuyons sur le bouton rouge (décidément, le rouge !) pour que le bus s'arrête. Mais voilà, à peine sommes-nous descendus que le bus repart, avec nos bagages…

Costas se met à courir derrière, hélant le chauffeur et agitant ses bras dans tous les sens en faisant de grands gestes de détresse.

Je reste coite, le long du trottoir.

Deuxième galère. Et ce n'est pas terminé. Nous n'avons pas encore enregistré.

Le bus finit par s'arrêter et je reste ébahie par ce qui vient de se passer. Et je suis crevée. Costas aussi est au bout de sa vie, lui qui vient de courir après un bus.

— Quelle galère, me dit-il, heureusement qu'on est arrivés, ça va nous faire du bien de dormir un peu.

Dormir un peu, mouais.

La jeune femme de la réception, une brune sophistiquée tout en peinture et artifices, ongles de trois mètres de long, extensions de cheveux et faux cils, devient encore plus moche à nos yeux lorsqu'elle nous dit que notre chambre ne sera pas libre avant seize heures. Comme prévu – et c'est le seul détail du voyage que j'ai bien prévu –, il est onze heures. Nous devons donc attendre cinq heures, alors que nous n'avons pas dormi du tout, pour occuper notre chambre.

Nos têtes se tournent instinctivement vers les banquettes en cuir noir du hall et nous nous regardons. Il est évident que nous pensons à la même chose.

— Non, pitit bout, on ne peut pas dormir dans le hall comme des clochards, lui dis-je, déjà qu'avec le manque de sommeil on a des têtes de drogués.

— D'accord, mais on fait quoi ?

Dans un cas comme celui-ci, où vous organisez un voyage pour votre moitié, au début de votre relation, pour que votre moitié garde, après toutes ces péripéties, une bonne opinion de vous, il faut rester optimiste, et comme on dit essayer de « voir le verre à moitié plein ». Eurêka, j'ai une idée :

— Écoute, on est là, on doit attendre cinq heures, on est morts, si on se pose, on dort. Laissons les bagages ici, et allons visiter Venise !

Cela aurait pu être une bonne idée, mais, souvenez-vous, il y a une chose sur laquelle j'ai merdé, et je viens de vous la révéler, et une chose que je n'aurais pas pu maîtriser. Le ciel n'est pas très clément, et il le sera encore moins quinze minutes après : à peine avons-nous posé le pied sur la belle Venise qu'il se met à tomber des cordes. Une averse de mousson !

Tous deux vêtus d'un jean et d'un T-shirt, sans parapluie, nous sommes rapidement trempés, les vêtements gorgés d'eau.

Costas porte une casquette Era assez épaisse et surtout étanche. C'est pratique les casquettes, il n'a pas les cheveux mouillés. J'insiste pour que nous nous arrêtions auprès des boutiques kiosques, pour m'acheter une casquette. Là, mon Costas, qui se prend pour le schtroumpf à lunettes, en profite pour me donner des leçons, comme si c'était le moment :

— Il faut négocier, pitit bout, quand tu es à l'étranger. Moi par exemple, je vais souvent au Maroc et j'achète les produits à la moitié du prix indiqué.

— D'accord, mais là, je vais acheter une casquette à sept euros.

— Tu peux l'avoir pour moins cher.

Ne cherchant pas à faire d'histoires tout de suite (on fait quelques efforts au début d'une relation, on prend sur soi), j'applique sa règle.

Le premier vendeur refuse de baisser son tarif et je repars sans casquette, mais il pleut toujours.

Qu'est-ce que ça m'énerve ! Ma patience complaisante a ses limites.

— Voilà, c'est ta faute, pour une histoire de deux euros.

— C'est par principe.

— Eh bien, par principe, en attendant que j'en trouve un à cinq euros, donne-moi ta casquette !

Je porte la casquette de Costas, qui se retrouve, lui aussi, avec les cheveux mouillés.

Nous finissons tout de même par dénicher une casquette, dans un autre kiosque, au prix souhaité.

— Tu as vu, j'ai fait comme tu as dit, j'ai négocié, dis-je fièrement.

— Oui, c'est bien mon pitit bout.

Seulement voilà, à peine ai-je enfilé l'article couleur bleu denim que la sangle plastique se pète.

— Eh, merde !

— Quoi ?

— La bride de ma casquette a lâché !

— Déjà ? On vient à peine de l'acheter. On y retourne, on va l'échanger.

— Ah, ça non. Tu m'as obligée à négocier pendant vingt minutes, j'aurais l'air con. On a voulu acheter pas cher, ben voilà, il nous a refilé un truc pourri ! Passe-moi ta casquette !

— Ah non, tu la tiens. Tu es sûre que tu ne veux pas en racheter une autre ?

— Non.

Je boude. Une fille, ça boude. C'est plus fort que moi, lorsque je n'ai pas ce que je veux, je boude. Costas ne me donne pas sa casquette, donc je fais la tête. En attendant, il pleut toujours.

Soudain, une chose inattendue se produit, un miracle. Nous passons devant la vitrine d'une mercerie, et je ne sais pas comment j'ai pu avoir cette idée, mais à ce moment-là je lui dis :

— On va la recoudre.

— Quoi ?

— Oui, on va acheter du fil bleu et une aiguille, et on va la recoudre. Ça coûtera moins cher que de racheter une casquette.

Costas est sceptique, mais il ne dit rien. Il entre avec moi dans la boutique et assiste patiemment à l'achat irrationnel et compulsif.

— Tu vois, même pas un euro ! Maintenant, on va dans un café que je puisse me poser.

— Du coup… le prix des deux cafés, c'est deux fois la casquette ?

— Qui te dit qu'on n'aurait pas voulu s'arrêter de toute façon ?

— …

Nous nous arrêtons dans un café-restaurant à touristes, près de la place San Marco. Nous prenons finalement un apéritif et nous commandons une salade italienne avec mozzarella, jambon de parme et melon, histoire de nous régaler et d'oublier que nous manquons cruellement de sommeil.

Nouvelle déception : la salade qui arrive, facturée dix-huit euros, est loin d'être au niveau de nos attentes.

— J'hallucine, s'exclame Costas, il n'y a rien. Des crottes de mozzarella et des filaments de jambon. Faut leur dire.

— Non, on ne dit rien mais on fera gaffe la prochaine fois, on aurait dû se renseigner. Il n'y a même pas de sauce, l'huile d'olive est à côté !

— L'assiette est toute petite.

— Mouais.

Après cette première journée épuisante, nous rejoignons enfin l'hôtel et nous nous couchons, tombant comme des masses sur le lit queen size. Il est à peu près dix-sept heures. Évidemment, le lendemain, à six heures, nous sommes réveillés.

— Ils servent le petit-déjeuner à quelle heure ?

— Huit heures.

— Merde, c'est tard ! Qu'est-ce qu'on fait ?

— J'ai une idée !

J'ai encore une idée. C'est très étonnant, après tout ce qui nous est arrivé, que Costas continue à se fier à mes intuitions. Ce n'est pas forcément une bonne chose.

****

— Alors, ça y est, tu vas bientôt le voir ?

— Il doit arriver dans dix minutes. Enfin, je pense, car je n'ai pas de nouvelles. J'espère qu'il ne va pas annuler.

— Mais non, il attend cela autant que toi. Tu angoisses ?

— Non, non, j'attends. Tiens, il m'est arrivé quelque chose d'étrange à la librairie, tout à l'heure.

— Quoi ?

— J'étais en train de regarder le rayon « littérature étrangère » et j'étais devant une étagère de livres de « littérature américaine », pour voir s'ils avaient d'autres ouvrages de Gertrude Stein. Il y avait un homme devant la zone « littérature russe », juste à côté. Il regardait les livres et il me matait aussi. J'ai senti qu'il allait s'approcher.

— Ah oui ?

— Oui ! Il est venu me voir. Il portait un masque et moi aussi. Je ne voyais que ses yeux, et lui ne voyait que mes yeux. Il avait les cheveux roux et les yeux très bleus. Je ne sais pas à quoi il ressemble mais s'il est beau comme ses yeux il doit être très beau.

— Qu'est-ce qu'il t'a dit ?

— Il m'a demandé ce que je cherchais, parce qu'il aime beaucoup les auteurs américains. Il m'a parlé de Francis Scott Key Fitzgerald et de Thomas Wolfe. Alors, nous avons échangé sur *Gatsby*, et sur *L'ange exilé*. Je lui ai parlé du livre de Sally Koslow, *L'autre côté du paradis,* sur la relation entre Fitzgerald et Shelley Graham, et du film *Genius*, que j'ai vu récemment. Il ne connaissait pas le livre ce qui ne m'étonne guère, mais il savait tout, mais alors vraiment tout, sur le film de Michaël Grandage avec Colin Firth, Jude Law et Nicole Kidman. Il m'a aussi parlé de sa passion récente pour les livres de Sveltana Aleksievitch, prix Nobel russe engagée. Il venait de terminer « *La fin de l'homme rouge* » et il regardait ce qu'elle avait fait d'autre. J'étais épatée ! Il m'a de nouveau demandé ce que je cherchais et je lui ai dit « des livres de Gertrude Stein ». Comme il ne connaissait pas, je lui ai raconté l'histoire de Mrs Reynolds, pourquoi elle me plaisait, pourquoi le personnage de Mrs Reynolds était touchant et que je ne savais pas qui était Angel Harper. Il a dit : A.H, les initiales d'Adolphe Hitler ? Je me suis sentie bête, il m'a éclairée sans l'avoir lu alors que cela fait plusieurs jours que j'ai le nez dans le guidon. J'ai essayé de bredouiller… Puis j'ai pris un petit livre intitulé « *Du sang sur le sol de la salle à manger* ». Il fallait que je rentre, pour finir de me préparer.

— Pour Grégory…

— Oui, pour Grégory.

— S'il n'y avait pas eu le confinement, si les cafés avaient été ouverts, nous aurions pu finir notre passionnante conversation en terrasse, tu sais. Il m'a laissé sa carte. Il est scénariste.

— Tu vas le revoir ?

— Je ne sais pas, il y a Grégory.

— Il n'y a rien de mal à discuter littérature et cinéma.

— C'est vrai. Du coup, je ne sais pas, peut-être. Pour l'instant, tout est fermé, et il y a Grégory. Et je le vois dans deux heures, deux heures, tu te rends compte !

— Tu ne lui as pas fait de cadeau, hein ?

— Oh, non, bien sûr que non…

****

Mestre. Il est sept heures et nous chaussons nos baskets. Inutile de nous vêtir chaudement, les météorologistes annoncent une explosion du thermomètre. À dix heures, il fera trente-deux degrés. J'aime bien le jogging. Costas, un peu moins. Lui, il préfère les salles de musculation, mais la salle de l'hôtel ne sera ouverte qu'à huit heures.

— Ça nous fera un petit échauffement, lui dis-je.

— D’accord, parce que tu insistes, et parce qu’on n’a rien d’autre à faire, mais pas plus de trente minutes et à allure modérée, d’accord ?

— Vendu !

Nous quittons notre hôtel, et nous nous engageons dans les rues du centre de Mestre.

Je mène la course.

— Tu sais où tu vas ?

— Bien sûr.

Je ne sais pas pourquoi, depuis des années, mes petits copains me demandent toujours si je sais ce que j’ai fait quand on se trouve dans une ville que l’on ne connaît ni l’un ni l’autre. Bien entendu, je ne sais pas où l’on va, mais je me dis que la ville est petite, et qu’on retrouvera bien notre chemin. En fait, non, je crois que je ne me dis même pas tout ça. Je ne me dis rien. Juste, on y va, en mode « suivez le guide » !

Costas est essoufflé au bout de dix minutes. Je le sais parce que je lui parle (je parle beaucoup en courant), et qu’il ne répond plus. Il respire fort, ralentit le rythme. Toutefois, il m’a dit « *OK pour trente minutes* » alors on continue.

Au bout de trente minutes, il demande :

— C’est encore loin ? Il commence à faire chaud, là.

Effectivement, mon Costas, tout dégoulinant de sueur, suffoque.

Nous nous trouvons à proximité d’une gare, et nous ne sommes pas, mais alors pas du tout, dans les beaux quartiers.

Costas s’arrête pour reprendre son souffle. Je m’arrête aussi.

— On est où là ?

— …

— Oh non, Sabrina ! Tu ne sais pas ?

— Non.

U+2620 (Tête de mort).

— On peut toujours demander, je suggère.

— Ah oui, à qui ? À ce groupe de mecs bizarre avec des casquettes, là-bas, ou au type qui écoute du rap sur sa chaise ? Sérieux, tu abuses !

— Attends, on va demander à ce commerçant.

Nous entrons dans une boutique de réparation/vente de téléphones mobiles qui n'est pas moins glauque que le reste.

— Je suis sûr qu'ils vendent de la drogue, me chuchote Costas au passage.

— Tais-toi !

Il boude. Costas a chaud et soif, il boude. Les garçons boudent aussi c'est vrai, ce n'est pas qu'un truc de filles. Nous n'avons pas d'argent pour acheter de l'eau et moi aussi, j'ai soif. J'aimerais me plaindre, mais le moment n'est pas approprié et cela n'arrangerait pas les choses. Je dois rester confiante, je le rassure en lui disant que nous allons rentrer bientôt.

Le commerçant déplie sa carte et griffonne une croix sur l'endroit où l'on se situe, ensuite il entoure le point précis où se trouve notre hôtel.

Je suis très embarrassée. Je me sens mal tout à coup. Nous sommes tout à fait à l'opposé.

Costas est resté en retrait. Il regarde les accessoires de smartphone, l'ai renfrogné.

— Vous êtes à l'opposé, me dit le vendeur.

Ben oui, j'ai bien remarqué.

— Combien de temps nous faut-il pour rentrer, à votre avis ?

— Environ trente minutes.

Je le remercie, et je retourne, gênée, vers mon petit ami.

— Alors ?

— Euh…

Nous n'avons plus jamais couru ensemble.

Les autres jours sont beaucoup plus sympathiques, même si nous n'avons pas la patience de faire la queue et que nous manquons les visites essentielles, les « choses incontournables à voir », nous profitons du soleil et de la beauté de Venise, et de ses îles, Murano, Burano et Torcello. Je ne peux pas m'empêcher d'acheter des trucs, des bijoux en pierres de Murano dont je ne sais même pas si ce sont de vraies pierres ou des trucs chinois, et deux petits hauts en dentelle de Burano dont je sais pertinemment que je ne les remettrai jamais après ce voyage.

Nos tribulations pourraient s'arrêter sur cette bonne note finale, mais tout trajet aller a son verso retour. Encore une fois, pour nous, les choses se compliquent.

Le vol se passe sans encombre, et nous atterrissons à l'heure prévue à l'aéroport Charles de Gaulle.

Dimanche 22 mai 2016, aux environs de vingt heures. La météo est capricieuse et le contraste est brutal. Des trombes d'eau s'abattent sur la région parisienne, et nous sommes tous deux complètement trempés de la tête aux pieds.

Il nous est impossible de nous rappeler où nous avons garé la voiture. Nous tournons dans le parking, sous une pluie violente en traînant nos valises, appuyant sans cesse sur le bip de la voiture dans l'espoir de la trouver rapidement. Au bout d'un moment, pour optimiser les recherches, nous nous séparons. Celui qui trouve la voiture crie. Ce n'est pas un jeu. La pluie tombe en cascade sur nos visages désemparés. Je garde le bip. Nous ne sommes plus que des poches d'eau ruisselantes. Je finis par trouver.

Trente minutes. Nous sommes restés trente minutes sur le parking.

Une fois à l'intérieur, nous nous empressons de mettre le chauffage pour nous sécher.

— Super, me dit Costas, comment te dégoûter de la France.

— J'avoue.

Il n'y a rien d'autre à dire. J'ai trop envie de reprendre l'avion.

Je démarre la voiture. Le voyant rouge s'allume.

— Ah oui, c'est vrai. Il n'y a plus d'essence. Fais chier !

Nous cherchons une station. La première station que nous trouvons à Roissy est scellée.

— En travaux ? Génial.

Deuxième station, scellée.

— C'est une blague ?

Troisième station, scellée.

La jauge descend, pendant que nous tournons aux alentours à la recherche d'un eldorado.

Pendant une semaine, nous avons profité de nos vacances, et nous avons coupé toutes les notifications pour nous tenir éloignés de l'actualité, en mode déconnexion totale.

— Y'a un truc qui cloche, Costas.

— Attends, je regarde.

Soudain, il s'exclame :

— Oh, putain !

— Quoi ?

— Pénurie d'essence ! Il n'y a plus d'essence !

— Ah, ah, très drôle !

Évidemment, je ne le crois pas, et je me dis que ce n'est pas le moment de faire ce genre de plaisanterie.

— Non, je te jure, il n'y a plus d'essence, regarde : il y a même une carte avec les stations fermées, regarde, là, tous les points rouges, ce sont les stations fermées.

Je n'en crois pas mes yeux : il a raison !

— Genre, plus d'essence… dans tout Paris ?

— Dans toute la France !

— …

J'essaie de réfléchir quelques minutes, mais je n'ai guère le temps de penser. Il faut que j'arrête la voiture.

— Tu as faim ? Je demande.

— Grave !

— On va s'arrêter au Mac Donald et on va réfléchir en mangeant. De toute façon, il faut qu'on arrête la voiture. La jauge s'affole et je n'ai pas envie qu'on se retrouve en panne dans ces conditions.

Avec le recul, un dépannage aurait peut-être été une solution, mais sur le coup, j'ai pensé que nous avions assez de problèmes comme cela, et une panne, ça ressemble à un autre pépin.

Nous voilà, enfin posés, au Mac Donald de Gonesse. Il ne pleut plus, mais les galères s'enchaînent quand même.

Nous commandons deux menus à la borne et nous nous installons où il reste de la place, en zone rouge. Encore ce foutu rouge. Il est près de vingt-deux heures trente.

— On fait quoi maintenant ? il me demande.

— Il faut qu'on prenne un taxi.

— Tu plaisantes ou quoi ? C'est hors de prix ! Et j'imagine qu'eux aussi doivent connaître la pénurie.

— Ah oui, c'est pas con. Du coup, tu proposes quoi ?

— J'appelle mes parents !

— Tes parents… Tu vas appeler tes parents, que je ne connais pas, pour venir nous extraire de la merde en plein milieu de la nuit ?

Quelle idée ! Ma mère est la dernière personne que j'aurais pensé contacter.

Costas est têtu. Il les appelle.

— Alors ?

— Ma mère n'est pas très contente, elle n'aime pas conduire la nuit, elle a peur, et comme mon père n'a pas le permis…

— Super, du coup, tu proposes quoi d'autre ?

— Oh non, ils vont venir nous chercher. Seulement, je prendrai le volant. On ira dormir chez eux, à Montmartre.

— Je n'imaginais pas faire leur connaissance dans de telles conditions…

— Je sais.

C'est ainsi que j'ai fait connaissance avec mes beaux-parents, des bourgeois parisiens comme maman, mais très humbles, contrairement à maman.

Le père de Costas, René, est un homme très cultivé, passionné de culture grecque. Costas est un enfant adopté. Ses parents, qui étaient stériles, avaient plus de quarante ans lorsqu'ils sont allés chercher leur bébé dans un orphelinat d'Athènes. René est très maigre, le visage émacié, il est malade, un cancer. Personne n'en parle beaucoup, car, comme il dit toujours : « *moins je pense à la maladie, mieux je me porte* ».

Au petit-déjeuner, nous discutons littérature. René parle longuement de Nikos Kazantzakis, qui est passé par Paris et qui a côtoyé Albert Camus. Nous faisons le tour de sa bibliothèque, il a toute une rangée de livres traduits en français. Certains sont des livres rares.

Je prends un livre dont le titre m'interpelle : « *Le colonel Liapkine* », de M. Karagatsis.

— Le titre me fait penser au *Colonel Chabert*, de Balzac, je lui dis.

— Oui, c'est bien cela. L'auteur, de son vrai nom Dimitri Rodopoulos, s'est beaucoup inspiré de la littérature française mais également de la littérature russe. La Russie a eu une grosse influence sur la Grèce. Le *colonel Liapkine*, un émigré russe, un beau mélange de tout cela. C'est une fiction ancrée dans une réalité historique qui nous en apprend beaucoup sur les relations entre les deux pays après la révolution.

— Waouh.

— Voulez-vous que je vous le prête ?

Avec la maman de Costas, les relations se passent tout aussi bien. Nous avons les mêmes opinions politiques et nous lisons le même journal d'actualité, ce qui nous donne pas mal d'atomes crochus. Elle aime beaucoup les vins de Bourgogne, et nous parlons des vins, discussions d'amatrices débutantes, mais passionnées.

Voilà comment notre relation avec Costas a commencé. Tout s'est annoncé sous les meilleurs auspices et nous avons vécu trois années d'aventures romanesques et de péripéties en tous genres. Notre couple n'a pas duré, et peut-être que je vous raconterai la suite, une autre fois, quand je l'aurai écrite, parce que, au moment même où je vous parle, ma vie vient brusquement d'être chamboulée…

****

— Hey, calme-toi, dis-moi ce qu'il t'arrive.

— Il ne viendra pas, Sarah !

— Comment cela ?

— Il vient de m'envoyer un SMS, une minute avant l'heure de notre rendez-vous, il invoque un problème professionnel. Il ne viendra pas.

Je suis remontée, j'ai un haut-le-cœur, je ne sais pas où placer le curseur entre la colère, le dégoût, la frustration, la tristesse.

Toutes mes émotions se mélangent en un cocktail détonant qui explose à l'intérieur. Mon ventre esclame se tord.

— Qu'est-ce qu'il te dit ce SMS ?

— Tu veux que je te le lise ?

« Pas poss pour moi ce WE. Intervention boulot. On remet ça. Dslé ».

— C'est peut-être vrai.

— Je ne sais pas… il n'a même pas pris la peine de m'appeler.

— Oh ! ma pauvre, tu dois être démoralisée.

— Un peu.

Dans la vie, il faut être résilient.

N'oublions pas la règle n° 8 d'Épictète :

« *Ne cherche pas à faire que les évènements arrivent comme tu veux, mais veuille les évènements comme ils arrivent, et le cours de ta vie sera heureux* ».

Bon, bah, si c'est écrit, c'est écrit !

— Qu'est-ce que tu vas faire, du coup ?

C'est un signe du ciel. Ma voie est claire et toute tracée.

« *Le destin de ceux qui pensent au futur est d'abandonner le passé et de renoncer au présent* », vous vous souvenez ?

Allons de l'avant ! Le passé est le passé, maintenant c'est prouvé.

— Appeler le mec qui m'a laissé sa carte. Au moins, j'aurai quelqu'un à qui parler. Même s'il y a le confinement, on pourra toujours aller discuter à l'occasion d'une balade au bois de Vincennes. Je viens de lui envoyer un SMS pour lui donner mes coordonnées. Attends, j'ai reçu un message… c'est peut-être lui.

Je mets le haut-parleur et je check mon portable.

— Ah non, c'est une notification LinkedIn. Mais, attends, c'est David.

— C'est qui David ?

« *Salut Sabrina, j'ai mis du temps à te recontacter, je n'osais pas, il s'est passé tellement de temps depuis ce fameux soir où... enfin, je ne sais pas quoi te dire alors je vais être cash : j'ai besoin de te revoir. Cela peut paraître étrange, mais je ne t'ai jamais oubliée, depuis toutes ces années. David* ».

— Sabrina ?

— Ah ben ça alors…

Imprimé en France
Achevé d'imprimer en janvier 2021
Dépôt légal : novembre 2020

Pour

Le Lys Bleu Éditions
83, Avenue d'Italie
75013 Paris